U0494308

读者丛书

DUZHE CONGSHU

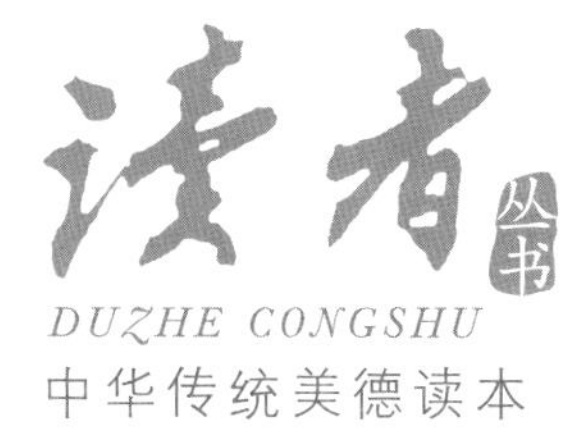

中华传统美德读本

恰到好处的幸福

读者丛书编辑组／编

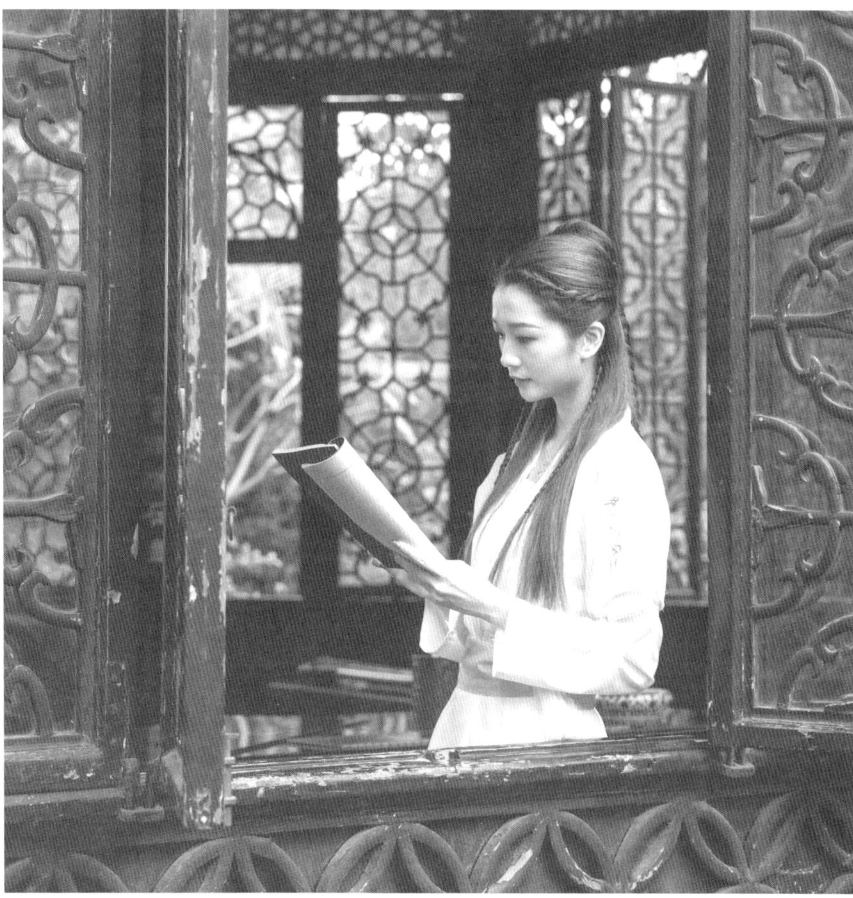

读者出版传媒股份有限公司
甘肃人民出版社
甘肃·兰州

图书在版编目（CIP）数据

恰到好处的幸福 / 读者丛书编辑组编. -- 兰州 :
甘肃人民出版社, 2023.11
ISBN 978-7-226-05971-5

Ⅰ. ①恰… Ⅱ. ①读… Ⅲ. ①散文集－中国－当代
Ⅳ. ①I267

中国国家版本馆CIP数据核字(2023)第123365号

出 版 人: 梁朝阳
总 策 划: 梁朝阳　马永强　李树军
项目统筹: 宁　恢　原彦平
策划编辑: 高茂林
责任编辑: 马元晖
封面设计: 裴媛媛

恰到好处的幸福
读者丛书编辑组　编
甘肃人民出版社出版发行
（730030　兰州市读者大道568号）
北京温林源印刷有限公司印刷
开本 710 毫米×1000 毫米　1/16　印张 15　插页 2　字数 190 千
2023 年 11 月第 1 版　2023 年 11 月第 1 次印刷
印数: 1~5 000
ISBN 978-7-226-05971-5　　定价: 39.00 元

目　录

CONTENTS

她叫刘小样

珞小西

万里无云，预示着温暖的春日很快就要到了，星星在我们头顶上的苍穹里眨着眼睛，城市的声音在空中飘来飘去，虽然凌乱遥远，却让人安心。城市里的生活在继续，精彩、辉煌、美好。在那一刻，我几乎无法呼吸，忘记了一切。

“我宁可痛苦，我不要麻木。我不要我什么都不知道，然后我就很满足。”陕西女子刘小样在 20 年前说出的这番话，至今依然振聋发聩。

1

刘小样这样的人，很容易因被当成异类而备受指责，尤其是在 20 年前的农村。

彼时，她被困在生活中，痛苦、迷茫，想要改变，却找不到出口，内心充满纠结和无奈。

接受央视《半边天》栏目主持人张越的采访时，刘小样是其貌不扬的中年农村妇女模样，但其实，她挣扎着把出格的念头隐藏在了中规中矩的生活里。人生除了墨守成规，就别无他法了吗？她迷茫又不甘心。

她知道八百里秦川容不下这份疼痛，所以给《半边天》栏目组写信，因为这个节目以倾听女性表达为宗旨。但她写信不是要乞求怜悯和关注，仅仅是为了倾诉平常不敢吐露的心声。

她在信里这样描述自己生活的地方："夏有一望无际的金黄色的麦浪，秋有青纱帐一般的玉米地。"可她说，就是不喜欢这里，"因为它太平了"。

她这样描述自己的农村生活："有钱可以盖房，但不可以买书；可以打牌闲聊，但不可以去逛西安；不可以有交际，不可以太张扬，不可以太有个性，不可以太好，不可以太坏。有约定俗成的规矩，你想要打破它，就会感到无助、无望和孤独，好像有好多双眼睛在盯着你，不需要别人阻止你，你会自觉自愿地去遵守这些规矩。"

刘小样的信，震撼了节目组的人。那时候，城乡差距不仅在于生活环境、生活方式和经济水平的差距，更在于心灵的闭塞与隔阂。刘小样的信，为我们展示了思维定式之外的，一个农村妇女闪闪发光的灵魂。

她的信如磁石一般，吸引了节目组的目光。

刘小样本不愿意接受采访，她向往外面的世界，可她害怕与外面的人面对面地交心，也害怕上了电视，被村里人看到。还是她的丈夫王树生拍板，这才让节目组进门的。

这次采访进行得很不顺利。只要摄像机架起来，刘小样就怎么也无法敞开心扉。她不是爱出风头的人，面对镜头，内敛的她会下意识地把自己收得更紧。耗了好几天，试了几次都拍不出效果，张越无奈，决定放弃。

没想到，最精彩的部分到来了。为了不让场面太尴尬，拍摄结束后，张越没有马上离开，而是继续和刘小样聊天。幸亏同样不死心的摄像师没关闭话筒，他听到有意思的部分，就躲在刘小样看不见的角落偷偷拍摄。就这样，意外成就了一期画面不精致却热度很高的节目。

2

那期节目被命名为《我叫刘小样》。节目于 2002 年 3 月播出，拍摄于上一年的冬季。

节目一开始的画面里，清冷萧瑟的黄土地，配上有些阴沉的天色，以及一具沉甸甸很有岁月感的石磨，让一切看上去凝滞得仿佛亘古未变。即便出现刘小样熟练转动擀面杖的情景，也无法打破这种沉寂。

唯一亮眼的是刘小样的红衣服。她穿着红外套接受采访，穿着红棉袄擀面，不是为了上节目特意打扮的，她的很多衣服都是鲜艳的红色。

红红的脸颊，红红的衣服，其实是很土气的，刘小样和穿着素净的蓝色外套侃侃而谈的张越形成了鲜明的对比。

张越试探着聊起红衣服的话题。刘小样说，城里人觉得农村人穿衣服很俗气，主要就是艳，可为什么要艳？因为农村本来就是土，农村人跟土打交道，再穿跟土的颜色相近的衣服，就会缺乏存在感。

紧接着，她补了一句让人记忆深刻的话：“我总觉得我要在衣服上寄托点什么，衣服上寄托着我的一种想法，我想活得精彩一点，所以我想让它色彩斑斓。”

刘小样的家，在陕西咸阳附近的一个村子里，附近一头是铁路，另一头是高速公路，两条路都直通西安，从她家去西安，车费只要 9 块钱。

然而，刘小样想要的精彩，并不会因为离大城市西安近，就容易实现。地图上的一小段距离，是许多人一生都无法跨越的命运鸿沟。

尽管车费只要 9 块钱，那时候村里却很少有人去过西安。大城市西安是刘小样 30 多年人生里的一个梦。丈夫帮她圆过这个梦，他带她去过西安，可刘小样站在钟楼下，看着车水马龙，看着大城市的红男绿女，突然失声痛哭。她向往西安，可真实的西安让她感到无比孤独。

2001 年，热播的电视剧有《情深深雨蒙蒙》《康熙王朝》《大宅门》《流星花园》等，刘小样爱看电视，但她没提到其中任何一部。她爱看的除了《半边天》，还有央视的另一档节目《读书时间》。她说她是把电视当成书来读，一个字一个字地听，一个字一个字地琢磨。她通过电视了解外面的世界，了解人生。她是用普通话接受采访的，节目播出后，周围的人才惊讶地知道，刘小样居然会说“外面的话”。普通话，是她一年又一年，跟着广播和电视悄悄学的，硬是学了个八九不离十。

她听路遥的《人生》《平凡的世界》，听《新闻和报纸摘要》，文学作品的滋养和新闻报道的冲击，让她感受到村子和外面世界的巨大差异，也在她的内心掀起了波澜。她觉得不满足，觉得自己的生活不对劲，于是她更执拗地，一天又一天，通过学说普通话，为自己搭建连接世界的通道。

她想够到的东西，始终在若隐若现的高处。她脚踏黄土地，拼力地仰望人人都认为不属于她的世界。

3

漫漫人生中，有人低头顾尘埃，有人抬头望明月，作出抉择很难，想要兼顾更难。而女性，往往是选择妥协、想要兼顾的。因为柔软而强大的母性，女性更能忍受，更容易作出牺牲。

刘小样感受到了枷锁的存在，可她无法挣脱。

如果婚姻不幸，如果生存成问题，如果没有孩子，或许她能下定决心决绝一次，但恰恰是不好不坏的生活，成了她不能割舍的牵绊。出走和留守，哪一头都很难舍弃。2001 年接受采访的时候，刘小样已经结婚 10 年，有了一双儿女，屋子里贴了很多孩子的奖状。她说，婚姻对农村女孩来说，就是第二次生命。女孩婚前属于娘家，婚后属于婆家，属于自己的东西很少。

刘小样只念到初二，女孩识几个字就够了，这在当时是当地人的普遍观念，她无法反抗。从小家里教她的，也都是婚后要做好家务，孝敬公婆，没人会意识到，养育一个女儿，还要问问她，想要过什么样的日子，想要成为什么样的人。1991 年，刘小样与丈夫王树生经媒人的介绍相识，双方只相看了 3 次就定下了婚事。那时候，她都不赞成自由恋爱。因为在大家的认知中，好人家的闺女就该这样按部就班。幸运的是，刘小样觉得，自己的这个婆家，好像是随便找了一个，但还是“正合我意”。王树生当时在外面闯荡，刘小样觉得自己要找的，就是这样一个人。而且，王树生祖上是读书人家，他家老房子的门楼上，写着“耕读传家”。结婚 10 年，做了 10 年的媳妇，刘小样说，这 10 年的日子在别人眼里是很好的。家里盖了楼，丈夫对她不错，一双儿女也争气，丰衣足食。可她觉得自己的人生，仅仅是一个好媳妇。

好媳妇之外，人生还有什么可能？她说不清楚。她只能说，她不想在做饭的时候就光想着做饭，洗衣服的时候就光想着洗衣服。内心的火焰仅能为她照出一个方向：我可以想别的。但哪怕想什么都只是徒劳，她也不想放弃思考的权利。她一年只需要干 2 个月的农活。那 10 个月的空闲时间里，她还是只能守在家里，每天过着一样的日子。她说："我烦就烦过一样的日子。"说这话的时候，她笑了。

刘小样说，生活需要知识，人在家里也需要知识，有知识，生活才不空虚。

"我想要充实的生活，我想要知识。我想看书，我想看电视，我想从电视里得到我想要得到的东西，因为我不能出去。"

说这些的时候，她哭了。

4

张越和刘小样的交往，有两个插曲令人难忘。

一是张越一再邀请刘小样到他们住的宾馆看一看，刘小样一直不肯去。可就在他们要走的时候，刘小样突然来了。她一进到张越的房间，就抱住张越，放声痛哭："你们说来就来，说走就走了。你们又把我一个人留下了……"她哭了很长时间。二是张越要陪刘小样去商场，给她买点衣服什么的，刘小样坚决不答应，但一说去书店，她立马变得很积极。她想要一整套鲁迅的书，想要西北作家的书，但对张越提议的心理方面的书，她只是翻了翻就说，人的心理问题得靠自己去调整和战胜。

刘小样向往大山大海。当年张越告诉她，其实大山大海的生活很艰难，不一定有她现在的生活好，刘小样回答："我总觉得人总该有一点向往吧，总不能就是我生在这里，我就守在这里，我也不想外面的一切。我总觉得人向往的时候，她的眼睛里会有光泽的。”

她始终不满足于只做一个标签化的，勤劳、善良、朴实、节俭的女人。

“人人都认为农民，特别是女人，她就做饭，她就洗衣服，她就看孩子，她就做家务，她就干地里的活儿，然后就去逛逛，她就做这些，她不需要有思想。”谈到这里时，刘小样用力地说，“我不接受这个。”她说，她绝不会让自己的女儿早早辍学，她会供孩子念书，让她知道很多的知识，做一个有思想的女孩。

张越告诉她，大城市的生活充满压力。刘小样说，压力也是一种快乐，因为压力让人有追求，让人不断地汲取知识，接受新的事物。

张越问她，会不会担心自己推开窗子，看见了外面的世界，可是又不得不慢慢地收回自己，再回到现实，然后被单调平静的生活溶解。

刘小样说，她有一种折中的方法：“我不要把这扇窗户关上，让它一直开着，一直开到我老。我就怕我失去那些激情，失去那些感动，所以我不停地需要更多的知识，需要知道更多的事情。”

一晃 20 年过去了。如今电视节目种类之丰富、制作之精良、画面之炫目，远非当年可比，但当年的刘小样不会想到，自己的讲述会跨越时间，在多少人心中引起灵魂的震颤和共鸣。并且，20 年后，她还能再掀起一番热烈的讨论。

2021 年，有记者找到了刘小样。接受完张越的采访后，一直到 2006 年，快 40 岁的时候，刘小样开始尝试着走出去，见识外面的世界。从县城，到西安，再到外省，体验过不一样的生活、经历过各种人生滋味后，2016 年，她又回到了八百里秦川。家庭重又成为刘小样生命的重心，婆婆走了，儿女相继成家，小家庭的下一代相继出生，逐渐老去的她又过上了看起来和别人没什么不同的日子。只是现在，她家最亮眼的不再是鲜艳的衣服，而是满园的花朵。她把家里的小院，打理成了美丽的花园。

人生唯有自渡，经历便是航船。回到起点的人生，自有其孤绝而丰饶的收获。小院里绽放着花朵，空气中就弥漫着生机。懂得打理这份美的刘小样，绝没有出走失败，她完成了自己的壮举。

生活里依然会有新的疼痛和挣扎，但有一扇窗户，她始终没有关上。

（摘自《读者》2022 年第 8 期）

人生是一首含着微笑的悲歌

书　杰

你去戏院看戏，舞台有幕布以及各种道具，演员在台上进行表演。作为观众的你，正全神贯注地欣赏这场戏，突然布景倒塌了，舞台上一片混乱，演员的表演也受到影响。此时，你有什么感觉？会不会觉得一下子“出戏”了？

本来你沉浸在看戏的状态中，由于舞台背景突然崩塌，你沉浸其中的感觉被干扰，然后你试图找寻之前“入戏”的感觉，但怎么也找不到了。这说明你正在遭受荒谬。

加缪阐释了这种荒谬感。他发现，原来世界是一个非理性的、带有神秘色彩的世界，说地震就地震，说发洪水就发洪水，人拿这个世界根本没有办法。世界也总是无视人的愿望，甚至对人充满敌意。在这种景况下，人是渺小而孤独的，是无助而绝望的。

人与世界的“分离”，正是人的荒谬感产生的原因。

加缪在《西西弗斯的神话》中讲了这样一个故事。西西弗斯是古希腊神话里的一个国王，他因为触怒了天神而受到诸神的惩罚。诸神让他把一块巨大的岩石推向山顶，每当他到达山顶，石头就会因为自身的重量滚下山去；然后西西弗斯不断重复同样的动作，把巨石推向山顶，然后岩石再次滚落，就这么一直来来回回，没有尽头。诸神认为这种既无用又无望的劳动是对西西弗斯最可怕的惩罚。

可以想象，西西弗斯做的这件事是毫无意义的，整个画面也因此充满荒谬感。但西西弗斯并没有因其毫无意义就放弃。相反，他坚定不移地一次次去推巨石，从不停歇。他意识到了世界的荒谬，但又勇敢地走向荒谬。他直面惨淡的人生，直面沉重的磨难。他没有放弃，并通过自己的行动表现出对诸神的蔑视，从而反抗荒谬。

也许你会说，既然是反抗，那就不要去推石头，这才是彻彻底底的反抗。但换一个角度，这是不是一种逃避呢？在加缪看来，对荒谬的反抗是在承认荒谬的基础上进行的。对生活本身说“是”，就是一种反抗。西西弗斯意识到岩石会落下，但仍然一次次推石头，这是对生活说“是”的一种体现。在直面荒谬的过程中，他通过行动表达出对荒谬的蔑视。

我们心怀热切的希望，但很有可能迎来的是凌乱的世界。我们一生都活在忙碌而重复的生活里，换来的却只有短暂的闲暇。面对“人生的无意义”，我们不能畏首畏尾，要勇敢地对抗身上的枷锁。别把希望寄托在未来和明天，要活在当下。在这个现实的世界中，在这个有限的世界中，我们要去生活，去行动，去直面困境，并在苦难中绝处逢生。

这就是加缪对人的生存境地的思考。他热情而冷静地阐明当代人面临的种种问题，他毫不留情地揭示世界的荒诞，但他并没有陷入悲观主义，而是倡导反抗荒谬。

人生，就像一首含着微笑的悲歌。尽管悲痛，人仍然要含着微笑前行。在加缪的文字中，我们感受到了人道主义的光辉。

（摘自《读者》2023 年第 1 期）

如果没有李白

王晓磊

在盛唐诗人的朋友圈里，有许多有意思的人物。这里我们单独聊一聊李白。

有一个问题：如果没有李白，我们的生活会怎么样？

似乎并不会受很大的影响，对吗？不过是一千多年前的一个文学家而已，多一个少一个无关紧要，和我们普通人的柴米油盐没有什么关系。

的确，没了李白，屈原将少了传人，“饮中八仙”会少了一仙，后世的孩子会少几首启蒙的诗歌，似乎不过如此。

《全唐诗》大概会变薄一点，但也程度有限，不过是四十至五十分之一。名义上，李白是“绣口一吐就半个盛唐”（余光中诗），但真要从数量上算，他的诗集从规模上说，远远没有半个盛唐这么多。在九百卷《全唐诗》里，李白占据了卷一百六十一至卷一百八十五的篇幅。少了他，也算不得特别伤筋动骨。

没有了李白，中国诗歌的历史会有一点变动，古体诗会更早一点输给格律诗，甚至会提前半个世纪就让出江山。然而，我们普通人也不用关心这些。

不过，我们倒可能会少一些网络用语。比如一度很热门的流行语“你咋不上天呢”，最先是谁说出来的？答案正是李白爷爷：“耐可乘流直上天。”

他是什么时候说出这话的？在一次划船的时候。

话说这一年，有一艘神秘的游船，在南湖上漂荡……别意外，这是在唐朝。公元 759 年，李白和朋友相约划船。

那位朋友刚被贬了官，愁眉不展。当时李白已近六十岁，看着面前苦哈哈的朋友，摸着自己已泛白的长须，他仰天长笑：多大点事儿啊，不就是官小一点儿嘛。别想不开了，眼前如此美景，我们应该好好喝酒才对，何必为俗事长吁短叹呢？

他于是写下了这首浪漫的名诗，就叫作《陪族叔刑部侍郎晔及中书贾舍人至游洞庭》：

南湖秋水夜无烟，耐可乘流直上天。

且就洞庭赊月色，将船买酒白云边。

他们喝着酒，暂时忘记了忧伤，隐没在烟水之中。

那么，李白还有没有创造其他的网络热语呢？有的。比如“深藏功与名”，出处是李白的《侠客行》：“事了拂衣去，深藏身与名。”

如果没有李白的这首诗，香港的金庸也不会写出武侠小说《侠客行》来。在这部有趣的小说里，有一门绝世武功正是被藏在李白的这首诗中。

非但《侠客行》写不出来，《倚天屠龙记》多半也悬。灭绝师太的这把“倚天剑”，是古人宋玉给取的名，但为这把剑打广告最多、宣传最卖力的，则要数李白：“攞倚天之剑，弯落月之弓。”“安得倚天剑，跨海斩长鲸。”

不只是香港文艺界要受一些影响，台湾也是。黄安一定不会写出当年唱遍大街小巷、录像馆、台球厅的《新鸳鸯蝴蝶梦》，这首歌就是从李白的一首诗《宣州谢朓楼饯别校书叔云》里面化用出来的。

“昨日像那东流水，离我远去不可留，今日乱我心，多烦忧”，是化用李白的句子“弃我去者，昨日之日不可留；乱我心者，今日之日多烦忧”。后面的“抽刀断水水更流，举杯消愁愁更愁”，则直接把李白的诗句搬过来了。

没了李白，女孩子们的生活也会受到一些影响。比如美国的化妆品牌Revlon，中文名字不可能叫“露华浓”了。因为它是从李白的诗里来的：“云想衣裳花想容，春风拂槛露华浓。”当然，露华浓已经退出中国市场，“深藏身与名”了。

如果没有李白，中国诗歌江湖的格局会有一番大的变动。

几乎所有大诗人的江湖地位，都可以整体提升一档。李商隐千百年来都被叫“小李”，正是因为前面有“大李”。要是没有李白，他可以扬眉吐气地摘掉“小李”的帽子。王昌龄大概会成为唐代绝句的首席，不用加上“之一”，因为绝句能和他相比的只有李白。至于杜甫，则会成为无可争议的唐诗第一人，也不必再加上那个“之一”。

除此之外，我们在日常生活中还会遇到一些表达上的困难。

比如对于从小一起长大的男女朋友，你将没有词来准确形容他们的关系。你不能说他们“青梅竹马”，也不能说他们“两小无猜”，因为这两个词都出自李白的《长干行》。

你也无法形容两个人爱得“刻骨铭心”，因为这个词也是出自李白的文章：“深荷王公之德，铭刻心骨。”

岂止是无法形容恋人，我们还将难以形容全家数代人团聚在一起、其乐融融的景象，因为“天伦之乐”这个词儿也是李白发明的。出自他的一篇文章，叫作《春夜宴从弟桃花园序》：“会桃花之芳园，序天伦之乐事。”

“浮生若梦”也不能用了，因为出处同样是李白的文章：“而浮生若梦，为欢几何？”

“杀人如麻”也不会有，这出自李白的《蜀道难》。“惊天动地”也没有了，这是白居易吊李白墓的时候写的诗：“可怜荒陇穷泉骨，曾有惊天动地文。”——没有李白，又怎么会有李白墓，又怎么会有白居易的凭吊诗呢？

扬眉吐气、仙风道骨、一掷千金、一泻千里、大块文章、马耳东风……要是没有李白，这些成语我们都不会有。此外，蚍蜉撼树、春树暮云、妙笔生花……这些成语也都是和李白有关的，也将统统没有。我们华人连说话都会变得有点困难。

没有了李白，我们还会遇到一些别的麻烦。

当我们在际遇不好，没能施展本领的时候，将不能鼓励自己“天生我材必有用”；我们遭逢了坎坷，也不能说“长风破浪会有时”；当我们和知己好友相聚，开怀畅饮的时候，不能说“人生得意须尽欢”；当我们在股市上吃了大亏，积蓄一空的时候，不能宽慰自己“千金散尽还复来”。这些都是李白的诗句。

那个我们很熟悉的中国，也会变得渐渐模糊起来。我们将不知道黄河之水是从哪里来的，不知道庐山的瀑布有多高，不知道燕山的雪花有多大，不知道蜀道究竟有多难，不知道桃花潭有多深。

白帝城、黄鹤楼、洞庭湖，这些地方的名气，大概都要略降一格。黄山、天台山、峨眉山的巍峨，多半也要减色许多。

变了样的还有日月星辰。抬起头看见月亮，我们无法感叹“今人不见古时月，今月曾经照古人”，也无法吟诵“小时不识月，呼作白玉盘。又疑瑶台镜，飞在青云端”。

如果没有李白，后世的文坛还会发生多米诺骨牌般的连锁反应。没有了李白“举杯邀明月”，苏轼未必会“把酒问青天”；没有李白的“请君试问东流水”，李煜未必会让“一江春水向东流”；没有李白的“大鹏一日同风起”，李清照未必会“九万里风鹏正举”。

后世那一个个浪漫的文豪，几乎个个是读着李白的集子长大的。如果没有李白，他们能不能出现都将是一个问题。

后来人闹革命的浪漫主义色彩也会衰减不少。有李白的“我欲因之梦吴越”，才有毛泽东的“我欲因之梦寥廓”；有李白的“欲上青天揽明月”，才有后来的“可上九天揽月”；有李白的“挥手自兹去”，才有“挥手从兹去”；有李白的“安得倚天剑”，才有“安得倚天抽宝剑”。

我们的童年世界也会塌掉一角。那个几乎存在于每个小朋友记忆深处的“只要功夫深，铁杵磨成针”也将没有。它可是小学生作文万金油般的典故。没有了它，小朋友们该怎么把作文凑足六百字呢？

在今天，若问如何检验一个人是不是华人，答案是抛出一句李白的诗。每一个华人听到“床前明月光”，都会条件反射般地说出“疑是地上霜”。

看一个文学家的伟大程度，可以看他在多大程度上融入了本民族的血脉。比如我的主业是解读金庸小说，不论金庸的作品有多少缺憾和瑕疵，你都没法抹杀他的成就，因为华山论剑、笑傲江湖、左右互搏等词语，都已经融入了我们的血脉。

李白这位唐代的大诗人，已经化成了一种文化基因，和每个华人的血脉一起流淌。哪怕一个没有什么文化和学历的中国人，哪怕他半点都不喜欢诗歌，也会开口遇到李白、落笔碰到李白，在童年邂逅李白，人生时时、处处、事事都被打上李白的印记。

不知道李白在世的时候，有没有预料到这些？他这个人经常是很矛盾的，有时候说自己的志向是当大官，轰轰烈烈干一场大事，有时候又说自己的志向是搞文学、做研究，“我志在删述，垂辉映千春。希圣如有立，绝笔于获麟”。

前一个志向，他没有实现，但后一个志向他是超额完成了的——所谓“垂辉映千春”，他已经辉映了一千三百多个春秋，并且还会继续辉映下去。

（摘自《读者》2020年第20期）

经验与记忆

格　非

我的故乡在江苏镇江，一个被称为江南的地方。村庄里有很多老人，我小的时候跟他们在一起玩。其中有一个老人总跟我说一些话。他在家里种菜，是个很普通的人，胡子都已经白了。村里人都觉得这个老头儿是个疯子，觉得不可理喻。他经常跑过来跟我讲一番话，但是，他讲的话我是听不懂的，他讲半天，我也不知道他在说什么。

我小时候也把他看作一个疯子，想离这个人远一点，因为我非常害怕。他对人非常和善，但他究竟在说什么，我听不懂。我脑子里一直有一个疑团。后来我读了大学，从上海回家，这个老头儿还活着。有一天，他经过我身边的时候又跟我说了一番话，我听懂了——他说的是英文。在我们老家那么偏僻的山村里，居然有个老人跟你说英文。他也知道你听不懂，但是，他一直在说。

那么，引起我思考的一个问题是，假如，我从来没有离开过我的村庄，也从来没有学过英文，这个经验就会一直在我的记忆中沉睡，我就不可能去了解这个老人的身世。后来，我去了解这个老人是怎么学会英文的，他以前究竟干过什么。我当然有很多想法，有很多部分我都把它写到《人面桃花》里去了。他构成了我写作的经验，但是，这个经验不是自动获得的。

我们每时每刻都会经历不同的事情，拥有大量的记忆，但是，这些东西是不是一定会进入文学作品，是不是会被你用来写作，很难说。

我们知道有两种类型的作家，一种是狄更斯式的，比如中国的沈从文。他们的经验非常丰富。沈从文去北京开始写作之前，就已经走遍了大半个中国，经历了无数的事情，当中有很多事情都是让他面临生死考验的。当他有朝一日在北京说“我要写小说”时，许多人都觉得奇怪，说你这么一个小学毕业、学历很低的人怎么能写作？

沈从文说，别的我不敢说，不过我超过莎士比亚是有可能的。他非常狂妄。但他有他的道理，因为他积累的经验非常丰富，有大量的事情涌上他的笔端，他要把它们写出来。

但是，还有另外一个类型的作家，像霍桑、卡夫卡、博尔赫斯，他们是足不出户的。他们的经验跟我们的相比，不会多，只会少。他们往往一辈子当个小职员。究竟是什么样的东西构成了这些人的写作？这也是让我困惑了很多年的问题。

顺着这些问题，我们还可以问很多的问题，比如文学作品果然是经验的表达吗？我在清华大学给学生讲课，经常讲到这个问题。

大家知道杜甫的《江南逢李龟年》：“岐王宅里寻常见，崔九堂前几度闻。正是江南好风景，落花时节又逢君。”宇文所安在他的《追忆》一书里曾经分析过这首诗。他开玩笑说，如果把这首诗翻译成英文就糟糕了。翻译成英文后再读，其大意就是：我在岐王家里经常见到你，我在崔九家里也听说过你，现在到了江南这个地方我们又见面了。翻译成英文后就是这么简单。所以，美国人看到这首诗后不知所云，会产生疑问：这就是中国最好的诗歌吗？

这是唐诗里面非常重要的诗，这首诗是杜甫去世前不久写的。如果我们从经验这个角度来看，就会感到奇怪。这首诗什么经验都没有说，它好像不是要把什么经验呈现给大家。相反，作者是想把经验藏起来，不让你知道。

从这首诗的字面上看，你得不到什么经验，也看不到诗人的生活和经历。可是要分析这首诗特别不容易，你得了解安史之乱，你得了解当时杜甫回不了家，他预感到自己要死在他乡。这个时候，他对家乡的记忆突然被故人李龟年引出来了。如果我们了解这样一个背景后再去理解这首诗，它背后隐藏的东西才会呈现出来。

这种情况在文学作品里非常普遍。作者是把经验呈现出来，还是把经验隐藏起来呢？他希望我们看到什么东西呢？这些都是文学作品里很让人费解的问题。

大家也都知道白居易的《花非花》："花非花，雾非雾，夜半来，天明去。来如春梦几多时，去似朝云无觅处。"这首诗你读了之后不知道它写了什么，像个谜语一样。什么叫"花非花"？花又不是花，雾又不是雾，来去都找不到，这是什么东西？什么都没说，这首诗就完了。这种东西和构成我们经验的东西的关系非常复杂。

所以，这也提醒我们，经验绝对不是一个简单的事物。所以我们真的拥有经验吗？我的回答是：不见得。你可能经历过很多事，但这些事情或许对你的精神状况，对你的写作，对你有关这个世界的想象不构成什么样的关系。

当然，我们还可以顺便提到一个方面。我们不能说，我经历了一件事，马上就可以把它写成小说。经验一般储存在你的记忆中。我们谈经验，必须谈记忆。经验首先会储存下来。你不能说今天发生的事情我今天就写，这是不可能的。

经验在记忆中储存的过程非常微妙。比如小时候，我们跟父亲一起去钓鱼。假如你钓到一条鱼，你会非常高兴，第二天到学校会跟同学们讲你钓的这条鱼有多大。我小时候有一个同学，钓到一条 11 公斤重的鱼，这件事他讲了一辈子，那是他一生中最风光的一件事情。他一辈子都在讲，我有次回乡他还在跟我讲这件事。

我觉得他很悲哀，但是我完全理解他。这是一件不普通的事情，因为这件事情太大了，他的记忆里只剩下这条鱼的重量，作为一个奇迹一样的东西铭记在心。

（摘自《读者》2020 年第 19 期）

去似微尘

落　落

“211 毕业的硕士生，来我们这里大材小用了。”这是江雪到学校报到时，副校长对她说的第一句话。

“怎么会……”江雪轻声说着，目光落在副校长捏着的那张纸上。阳光穿透单薄的纸面，明亮的光线也被筛得黯淡了几分。那是她的简历，个人介绍里各项荣誉写得满满的，却还是被各大厂一次又一次退回。2022 年毕业季迎来了就业寒冬，没有经验的管理类文科生尤其难找工作。最终，焦虑的江雪耐不住家人的催促，参加了家乡教师编制的考试。

家乡是个普普通通的小县城。由于专业不对口，最后要她的只有一家城乡接合部的乡镇初中。好的是学校离家只有十分钟路程，坏的是这家初中生源差、硬件差。但江雪没有其他选项。她一时无法接受，自己当初拼了命地考出这个单调乏味的小城，最后兜兜转转，还是回到了原地。

甚至，这所学校都比不上自己当初就读的中学。

江雪学习刻苦，一路读的都是重点学校，且她的成绩一直名列前茅。在她的印象里，考上高中是一件理所当然的事情。

“你接的是普通班，这个班四十几个孩子，最后能考上高中的估计不到 5 人。”开学前一天，教研组长给江雪打了剂预防针，“我也觉得以你的学历待在这里有些屈才，但这就是现实，该从象牙塔落回地面来了，孩子。”

在国内，经过中考分流，有将近一半的孩子早早脱离了升高中、考大学的赛道，去职校开启他们的另一种青春。但此前，江雪接收到的信息都是各种“学历内卷”，大家都忙着考研、考博。直到现在，她才开始正视这个曾被自己忽视的群体。

这些学生将面临怎样的人生？

开学第一天，江雪站在讲台上注视着班里的孩子，孩子们也仰头认真地望着她。她忽然迷茫起来：如果不能让这些孩子考上高中，那么我站在这里的意义是什么呢？

未等江雪有时间思考这个问题，铺天盖地的班主任工作就填满了她的生活。

一天，江雪加班填写学籍档案表，打电话跟家长们一一确认信息，有一位家长的电话始终无法打通。直到将近晚上 11 点，她才联系上那位母亲。对方显然刚从睡梦中醒来，说话迷迷糊糊的，一听是孩子的班主任，立刻清醒了，连连道歉：“对不起，对不起啊，老师，我十点半才下班，实在太累了，没洗澡就上床睡了……对不起啊，老师，耽误您工作了，实在对不起……”

一串泪忽然流了下来。江雪不知道是在为这位母亲哭，还是在为自己哭。

也是这位母亲，在第一次月考过后，小心翼翼地问她："老师，我家孩子这次考得怎么样啊，有没有希望上高中？"

她的儿子很认真，也很努力，在班里考到了第十名，但前三名才有希望上高中。江雪不知道该怎么回答她。

一日，江雪到班里问："你们谁想上高中？"下面有十几个孩子举起了手。江雪的脑海一片空白。她不知道该说些什么，说"那你们好好努力"吗？但如果最后没考上，这些全力以赴的孩子该如何面对那个残酷的现实？他们很努力，但那些比他们拥有更多教育资源的孩子，也很努力——并不是所有败下阵来的人都没有努力过。

"你在可怜他们吗？这太自傲了。"负责带江雪的是一位温婉的名师，她像一朵淡雅的秋菊，似乎也不该在此处绽放。"我们学校确实有许多学生没考上高中，最终去菜场卖菜、去工地开挖掘机、去做货车司机、去开美甲店……虽然辛苦了些，但收入不一定比你的少。他们不也在努力地生活吗？脚踏实地的人都该被尊重。"

"但我总觉得，他们应该看到人生的更多可能……"

"他们确实失去了一些可能，但失去这些可能，并不等于陷入不幸。在你看到的那些可能之外，还有其他的可能。受限制的人是你，江雪。"

江雪一时语塞。从小到大，父母、老师灌输给她的"成功"的定义就只有一种——"好好读书，上个好大学，找个好工作"。没有走上这条路的人生，难道就是失败的吗？她的人生中有许多"必须"和"应该"，但在真正走入社会之后，她才发现很多所谓的"天经地义"并不天经地义，对其的执念反而成为人生痛苦的根源。

次日，江雪在下班回家的路上，看到几个学生挤在树下，伸手摘一个个笑开了口的石榴。欢声笑语随晚风飞向远方，孩子们脸上是明亮而真实的笑容。他们有人看到了江雪，先是紧张，然后三三两两大着胆子跑过来，往江雪手里塞晶莹剔透的石榴粒。江雪的眼眶，蓦地变得温热而湿润。

人活着有什么意义？活着本身就是意义。人生一世，草木一秋；来如风雨，去似微尘。

（摘自《读者》2022 年第 24 期）

月光下的母亲

何君华

我跟陈老师说，我母亲病了，我要回去看她。陈老师同意了。

陈老师不可能不同意。因为现在已是下午 5 点，我在县中学寄宿，我家离学校有 30 多里。这个时候来请假，想必我母亲病得很重。

我不是一个好学生，我撒了谎。我母亲根本没病，我是饿了，或者说是馋了。学校食堂的饭太难吃了，天天吃咸菜，顿顿吃腌萝卜，我都吃腻了，我要回去吃一碗我母亲做的鸡蛋手擀面。

我最爱吃母亲做的鸡蛋手擀面了。我们学校只有在每月月底两天放假，其他时间学生都在学校寄宿。每个月上学的那天清晨，母亲都会为我做一碗鸡蛋手擀面。上学太没意思了，如果不是这碗鸡蛋手擀面，我想我一天学也不愿上。

我坐最后一趟班车到镇上，镇上已经没有机动车的影子，我只好徒步回家。

天上的月亮真大，地上一个行人也没有。我走啊走，肚子饿得发慌，心里只盼着早点吃到母亲做的鸡蛋手擀面，步伐便愈来愈快。

走到四流山时，我借着月光看见我们村打谷场上有一个人影。那人正奋力地在木桶上抽打着成垛的麦子。那时，我们那里还没有脱粒机这样的农用机械，即便有也没人用得起，家家户户都是这样手工脱粒。这种脱粒方式速度慢、效率低，要赶在入秋时将全部的谷子脱粒归仓，实在是一项顶耗时费力的大工程，但即便如此，也从来没听说过有人连夜赶着脱粒的。

我在心里嘀咕，是谁这么晚还在干活儿呢，心下突然有一种不好的预感。

我加快步伐走到家门口，赶紧用手摸门。我的手摸到了一把铁锁。我知道，打谷场上的人不是别人。

我哭了。

还能是谁呢？别人家都是夫妻二人一起赶工，我父亲在浙江打工，家里家外的活儿只有母亲一个人干，除了她还能是谁呢？

我哭了，号啕大哭。

母亲做的鸡蛋手擀面好吃，她自己却从来舍不得吃一碗。母亲就这样舍不得吃，舍不得穿，还要没日没夜地干活供我上学……等哭完，我没拿钥匙开门，也没去打谷场喊母亲，而是扭头往学校的方向走去，鸡蛋手擀面也被我全然抛到脑后。

我知道路上肯定没有车了，只能徒步回学校，就算这样，我也决计不回头。

茫茫月光下，乡村公路上阒寂无人，我一个人赶夜路，却没有感到一丝害怕。我徒步 30 多里路回到学校时，天已经大亮。

陈老师关切地问我母亲的病怎样了，我说我母亲没病，是我病了。说着，我的眼泪又不争气地落下来，怎么也止不住。

陈老师不明所以地看着我，想问我为什么哭，但似乎很快明白了什么。他终于没开口，只是轻轻地拍了拍我的肩膀。我知道，我该收起自己的娇贵病，也该认真学习了。

从昨晚到今晨一粒米没进，但我一点儿也不觉得饿，我径直向教室走去。

我以前只知道有人冒着毒辣的阳光干活儿；那一晚，我知道，也有人顶着月光干活儿。

（摘自《读者》2021 年第 21 期）

太守与鱼

徐海蛟

那时候，羊续还不是太守，他只是一个懵懂少年。羊续喜欢钓鱼，经常背着钓竿，独自走到水边去。有时是一条清澈的小溪，自青山深处而来，只在水深处才有些许小鱼。溪水清凉，他把脚伸进去，水光一下子跳跃开来，调皮得很；有时是一条静谧的江，开阔处烟波浩渺，归帆点点，临岸的地方水草丰美，他安然坐在一截老树桩上，甩出渔线；有时候是一片水量充沛的湖，像一面巨大的明镜，天光云影尽收其中，他会选择一块光滑的石头斜靠其上，一晃半日时光就过去了。

羊续并不懂钓鱼之道，他只是觉得好奇，看似平静的水面下，有那么多可能，鱼竿一甩，不知会有什么奇迹出现，真是一件特别的事。当然，还有一个原因，羊续特别爱吃鱼，因为家境贫寒，他们家不常能吃到鱼，鱼肉的美味对于贫寒之人是十分珍贵的。羊续就亲自动手，满足家人和自己这口腹的念想。不懂钓鱼的羊续也并不常能钓到鱼，偶尔的收获，会让他格外欣喜，就是这偶尔的收获，吸引着他时常背着钓竿出去晃荡。

直到有一天，羊续在那片经常去的湖边碰到一个年轻人，才明白了钓鱼的学问，这看似平静的举动背后有着颇具意味的生命哲学。那个人比羊续大不了几岁，可看起来要成熟得多，显得城府很深。羊续的鱼竿就搁在离年轻人不远的地方，他坐了近半个时辰却没有一条鱼上钩，而近旁的年轻人，一旦甩开渔线，不长时间，鱼就上钩了。接着他再次甩开渔线，不一会儿，鱼又上钩了。这样收放自如的钓技，旁人看着也有一种喜滋滋的心情。羊续开始只是心里羡慕，随后索性收了鱼竿，坐到年轻人身旁。

“钓鱼的秘诀是什么？”羊续真诚又怯生生地问。

“在于心静，垂钓者心里想着鱼，却要不动声色。放长线钓大鱼，就是这个道理，要让鱼以为你并不是在钓它，你只是给它奉送美味的大餐。这样鱼才能放心享用，垂钓者也才能心想事成。”青年人一副安然自得的样子，仿佛自言自语。他的话不紧不慢，却透着自信，透着洞悉世事的晓畅。

少年羊续似懂非懂，但他似乎能品咂出里面的深意。他继续问：“什么样的鱼最易上钩？”

青年并没有马上回答，而是静默地凝视着湖面，看着风从水面上滑过去。他才开口：“最容易上钩的鱼，往往是最贪的鱼，它们不愿到更偏僻的地方找食物，不愿自食其力。它们很容易成为别人案板上的食材。”

许多年后，羊续还会时常记起青年的这番话。钓鱼，看似如此简单的一件事，其实藏着某种人生的玄机，每个人都是垂钓者，每个人也可能变成别人鱼钩上的鱼。

世间的机缘巧得很，羊续后来求学入仕，居然碰到了那个钓鱼的年轻人。不过那时，这个年轻人已不再有时间坐在水边安然垂钓，而是做了一方大员，他不再是过去那副俊逸的模样，他腆着肥大的肚子在酒桌上吆五喝六，他怀抱曼妙的女子红光满面地从舞榭歌台旁穿过。羊续一开始怀疑自己的眼睛，后来渐渐熟悉了他的履历，便只能说世事难料。现在，那个睿智的垂钓者不再年轻，同时也丧失了智慧，羊续看着他，觉得他已经不可能再是垂钓者了，他现在成了鱼，一条很大很肥的鱼。他游走在灯红酒绿的浑水中，他觉得自己长袖善舞、泳姿绝妙，但不知道周边落着多少诱饵。每回见到他羊续就替他心寒：他怎么挡得住那么多水中的长线，挡得住那么多在暗地里闪着寒光的钓钩？

果不其然，没多久，羊续就听到他出事的消息：他因无节制地受贿和搜刮，一夜间被打入大牢，几天后就瘐死了。

往后，羊续的仕途越走越开阔，他做了南阳太守。作为一方长官的羊续越来越深刻地体会到鱼与垂钓者的关系。羊续上任不久，府丞焦俭见太守生活清简，尤其伙食，总是青菜萝卜，甚至都难见油星。焦俭着实有点看不下去，他是真的关心羊续，差人打了一条鲤鱼，亲自送到太守羊续家。这种鲤鱼是南阳名贵的特产。这真是一条好鱼，足足半尺来长，放到大水缸里，立刻扎了一个猛子，溅起一大片白亮亮的水花。

羊续是喜欢吃鱼的，他的家人也喜欢吃鱼，小女儿看到这条鱼即刻欢欣雀跃起来，大鲤鱼的到来，给小姑娘带来了节日般的欢乐。但羊续铭记着钓鱼的故事，在私人生活的问题上他是决绝的，都有点固不可彻的意思了。羊续想让焦俭立刻将鱼带回去，但看着小女儿在院子中欢乐的样子，羊续心软了一下，更重要的原因是他明白焦俭是出于真心。尽管家里几个月不见荤菜了，尽管小女儿在大水缸边看了好几天，羊续最后还是决定不吃那条鱼。他再次记起少年时坐在湖边钓鱼时听到的话，垂钓者和鱼之间的角色总是从一念之差开始转变的，他不想因为一个闪念而沦为案板上的鱼。

在家人的不解和不满中，羊续将那条名贵的鲤鱼悬到廊前屋檐下。冬天的风寒，很快将鱼沥干了，一条活蹦乱跳的鱼成了一个蜷曲的鱼干，羊续仍然不让家人将它摘下来。鱼干静静地挂在太守的屋檐下，成为某种固守的姿态，成为一句不言自明的告白。

过了些时日，焦俭又想着给太守改善伙食，又差人打了一条鲤鱼。这一回，羊续将焦俭引至屋檐下，“这条鱼是你上次送来的，我们都没动过，已经成了鱼干。这回送来的鱼你得带回去，否则我还是要把它悬到这屋檐下”。焦俭觉得脸上有点挂不住，想说些什么，但张了张嘴，又咽回去了，仿佛站在这个屋檐下，每句话都是不合时宜的，每个动作都是不合时宜的，当然他手里的鱼也是不合时宜的。焦俭拎着那条鱼往回走，脸红到了脖子根。

年关临近，给太守送礼的人纷至沓来，每一次太守都很淡然，将他们引到屋檐下，用手指着那条风干的鱼，鱼在冷风里晃动，轻轻打个转：“一条送来的鱼我都不吃，就这么悬着……你们的东西不是我该得的，我不会收。”

送礼的人都被屋檐下的那条鱼挡回去了，由此，太守也省却了诸多的麻烦。屋檐下悬挂着的鱼是太守内心不可更改的姿势。

太守常常透过南窗看见那条干鱼在清风里晃荡，每次，太守心里都会想起那句话：每个人都是垂钓者，每个人也可能变成别人鱼钩上的鱼。

（摘自《读者》2022 年第 20 期）

289 年的唐朝与 6 个少年

吴 鹏

作为中国古代历史中的青春盛世，289 年的唐朝从某种程度上说，是靠着一波又一波“后浪”推动的。这些青年好学善思，对天下时局有着敏锐的判断，对个人未来也有清晰规划。更重要的是，他们在年少时，就已经主动把个人命运与历史大势相连。

早在大唐蓝图还没设计出来的隋文帝时期，十几岁的房玄龄，已然看透即将到来的大变局。

洞悉时势的房玄龄着手为将来的改天换地做准备。5 岁就能背诵《毛诗》的他，把全部精力放在“博览经史”上。18 岁时，房玄龄考中进士，到吏部等候分配工作。吏部侍郎高孝基素以知人著称，见到房玄龄后大为惊叹，“仆阅人多矣，未见如此郎者，异日必为伟器，恨不见其大成耳”。隋末大乱，李世民进攻渭北，房玄龄“杖策谒于军门”，从此成为李世民最为倚重的股肱之臣，辅佐其开启“贞观之治”。

成长于隋朝动乱前夕的房玄龄能洞察时局、见微知著，生长在唐朝太平年代的狄仁杰少年时则心无旁骛、一心苦读。

狄仁杰小时候，家里门人遇害，“县吏就诘之”，狄家上上下下都忙不迭地出来回话，只有狄仁杰“坚坐读书”，不理不睬。县吏问他小小年纪为何如此倨傲，不打躬作揖配合查案？狄仁杰回答：“黄卷之中，圣贤备在，犹不能接对，何暇偶俗吏，而见责耶！”你没见我正在和书中圣贤对话吗，哪有时间去搭理你等俗人小吏。将读书视为与圣贤对话的狄仁杰，后来不但成为民间断案传奇中唐朝最著名的法官，更在担任宰相后力挽狂澜，稳住了因武则天改唐为周引发的动乱局势，后又推动武则天复立儿子而非侄子为接班人，将皇位继承制度拉回正轨，揭开了开元盛世的序幕。

开元盛世，名相云集，张九龄更是气度不凡。他出身岭南烟瘴之地，“幼聪敏，善属文”，据说7岁就能写出一手好文章。13岁时，张九龄将所写诗文整理成集，献给时任广州刺史王方庆。王刺史读后，“大嗟赏之”，赞叹“此子必能致远”。长安二年（公元702年），张九龄考中进士，后因事返回岭南。宰相张说被贬谪岭南期间，与张九龄一见如故，成为忘年之交。张说再次拜相后，将张九龄作为接班人培养。张九龄不负厚望，接替张说成为一代文宗，被玄宗视为“文场元帅”。

拜相后，张九龄正直贤明，不避利害，敢于直谏，对国事多所匡正，将开元盛世推向顶峰，成为“安史之乱”前最后一位公忠体国的贤相。后因在用人，尤其是在起用安禄山的问题上与玄宗不合，被迫离开相位。

张九龄罢相，是开元盛世转向天宝之乱的关键点。幸好，张说、张九龄还在高位之时，就为朝廷布下了李泌、刘晏两枚活棋。

李泌家世显赫，自幼聪慧，博涉经史，7 岁便能写诗作文。玄宗听闻李泌之才，召他进宫见驾。当时玄宗正和张说下棋，“因使说试其能”。张说就以“方圆动静”为题，让李泌赋诗一首，并先写出“方若棋局，圆若棋子，动若棋生，静若棋死”作为示范；李泌随即吟出“方若行义，圆若用智，动若骋材，静若得意”。张说见七岁小儿李泌之诗的气度意蕴远在己之上，当即恭贺玄宗，国有奇童，野无遗贤。

张九龄对李泌“尤所奖爱，常引至卧内”，经常亲自指点教导。张九龄任宰相时，大臣严挺之、萧诚是其左膀右臂。有一次，张九龄向李泌评价二人，“严太苦劲，然萧软美可喜”，认为严挺之过于严苛而不近人情，如三九寒冬，而萧诚却身段柔软，长袖善舞，让人如沐春风。李泌当即劝张九龄，“公起布衣，以直道至宰相，而喜软美者乎”，你从一介布衣做到当朝宰相，靠的就是直道而行，如今怎能忘却来路，喜欢与柔媚之人为伍？张九龄大惊，当即拜谢李泌的提点，从此不再把他当作学生，而称之为“小友”。

从这两件事可以看出，李泌自小便在识人断事上有近乎天赋般的才能。他亦“以王佐自负”，胸怀扭转乾坤之志，故日后能在安史乱局中帮助肃宗制定平叛战略。叛乱平定后，李泌又辅佐代宗、德宗整理内政，调和将相；对外北和回纥，南通云南，西结大食、天竺，共同对抗强敌吐蕃；最终振衰起弊，扭转危局，推动国运逐步回升。

和世家子弟李泌不同，刘晏出身低微，自幼“聪悟过人”，读书过目不忘，7 岁考中科举考试中专为少年儿童设置的科目“童子举”。8 岁时，玄宗东封泰山，曹州地方官将其“献颂行在”。玄宗“奇其幼”，让宰相张说测验其学识。张说测试完毕，叹道“国瑞也”。玄宗亲授秘书省正字职务，负责校正典籍中的文字讹误。

有一次，玄宗设宴长安勤政楼，召 10 岁的刘晏赴宴。杨贵妃见刘晏聪明可爱，竟抱进怀里，“置于膝上，为施粉黛，与之巾栉”。玄宗问刘晏：“卿为正字，正得几字？”你上任以来，校出多少错别字？刘晏回道：“天下字皆正，唯‘朋’字未正得。”刘晏如此回话，意在借机劝谏玄宗调和朝堂上已经日趋激烈的“文学”“吏治”两派党争。

玄宗听后，赏赐给刘晏只有王公贵臣才可使用的象牙笏板和黄文衣袍。刘晏后来拜相，主管唐朝财政工作，他改革榷盐法、常平法和漕运制度，重建战后财政体系，为唐朝在“安史之乱”后延续百年奠定了财政基础。

为大唐重整河山的还有宰相李吉甫之子李德裕。他“幼有壮志，苦心力学”，经常被父亲提起以向同僚炫耀。另一个宰相武元衡就把李德裕叫到跟前，问“吾子在家，所嗜何书”，意在“探其志”。李德裕闭口不答，武元衡调侃李吉甫养了个傻儿子。李吉甫“归以责之”，回家责问儿子为何如此。李德裕回道：“武公身为帝弼，不问理国调阴阳，而问所读书。书者，成均礼部之职也。”武元衡身为宰相，不问治国之本，反问孩儿所读何书，这话应该是礼部询问的读书小事，哪能是宰相关心的国家大事，“其言不当，所以不应”。李吉甫将此语转告武元衡，武元衡“大惭”，李德裕“由是振名”。

年少便知为相之道的李德裕，成年后顺理成章拜相。他外退回纥、吐蕃，内平藩镇权宦，辅佐唐武宗打造出“会昌中兴”的升平治世，被誉为“万古良相”。

从唐朝前中期的房玄龄、狄仁杰、张九龄，到中后期的李泌、刘晏、李德裕，都在唐朝开国创业、开创盛世、平定叛乱、再度中兴等重要历史转折中刻下了自己的名字，而这一切的发轫点，无疑是青年时代将家国融为一体的人生起笔。

（摘自《读者》2020 年第 17 期）

悯视苍生一悲鸿

赵佳佳

1953年9月26日，人民艺术家徐悲鸿猝然离世。按照他的遗愿，他的妻子将他所有的作品，倾毕生之力收集的历代书画、碑帖，全部捐献给了国家。

哀鸿一羽，就这样清清白白地悲鸣毕生，然后飞向天际。

江南贫侠

1895年7月19日午夜，徐悲鸿诞于江苏宜兴县一个名叫屺亭桥的小镇，他的少年时期，正是在这河流密布的江南水乡度过的。

他出生之时，正是中日甲午海战爆发的次年，腐败的清政府斥巨资打造的北洋水师，在与日本的交战中惨败。

国家危亡之时，破产流亡者不计其数，徐家也深陷于贫苦与漂泊之中。

徐悲鸿在父亲徐达章的引导下，两岁半开始识字，6岁即可念诵诗书，并执笔研习书法。年至9岁，他就读完了《诗》《书》《左传》等先秦典籍。

勤奋、克己，是徐悲鸿从父辈处学到的最宝贵的品质。

但勤勉学习这件要事，并非终日笼罩在徐悲鸿幼年的生活中。在苦学以外，对他产生深刻影响的，还有对大自然之美的感知。

江南风光如梦，父亲领着徐悲鸿沿着小镇的河流步行，二人逐渐被朝阳的光芒笼罩。他观察奇形怪状的石头，看见渔舟在晨雾中泛于水上。

他并非走马观花式地欣赏自然风光，而是习惯于注视一切美的事物，观察花鸟虫鱼和各种植物的外观细节，以及事物的明暗、动静。

这为他此后的美术生涯奠定了基础，他所画的骏马奔腾、雄狮坐卧、雀鸟逆风飞翔，活灵活现，富有生机，正是从这种敏锐的观察中而来的。

幼时的所见所感深刻地影响了徐悲鸿的一生，他曾回忆："我们的屋子虽然简陋，但有南山作屏风，塘河像根带子。太阳和月亮，霜和雪都点缀了这江南水乡的美丽。我们在这里和打鱼砍柴的人做伴，鸡鸣犬吠，互相唱答，大自然给了我们无尽的美妙。"

从13岁开始，父亲就带着徐悲鸿前往外地谋生，他们一路流浪卖画，来到繁华的无锡。在这里，他看见了物质生活的丰富，商店里张灯结彩，货架上的商品琳琅满目；同时也看见了世界的沟堑，衣衫褴褛的乞丐穿行于街头巷尾，无人管顾。

自从他开始对百姓之苦有了切身感受，无尽的忧思和试图作出一些改变的渴望就深深植根于他的心中。

他在精心画好的作品上署名"神州少年"，盖上"江南贫侠"的印章。他原名徐寿康，后来自己改名为徐悲鸿，是要让自己从个人的康乐安宁之中脱身出来，成为空中长久悲鸣的鸿雁，为这世上的不平之事奔走。

这一发轫于年少时期的志愿，徐悲鸿终其一生，未改初衷。

勿甘于微小

徐悲鸿之所以能成为大师，是天时、地利、人和三者综合作用的结果。

他出生与成长的时代，正是国家命运跌宕，亟待仁人志士成长起来救国救民之时。

他出生于江苏宜兴，向东行进不到 200 公里，就能抵达当时中国最繁华的城市上海。在成长的过程中，他辗转于北京、南京等地，又在欧洲著名文化之都巴黎求学多年。

在这段不断流浪辗转的经历中，他先后结识了黄震之、康有为、田汉、鲁迅等人，又师从弗拉孟、达仰。这些人都对他产生了重大的影响。

一个小镇青年，没有父辈显赫声名的支撑，推动他一步步走下去的，仍然是从小立下的志愿——要成为一个对国家有用的人。这个动力驱动着他，让他不断地学习绘画，谋求变革。

不过，这条道路非但不平坦，而且遍布荆棘。

徐悲鸿 19 岁那年，父亲因病过世，他随后前往上海，寻找半工半读的机会。当时，在上海中国公学担任教授的同乡徐子明先生收到他的来信，其中附有他的绘画作品。徐子明将徐悲鸿的作品带去给著名教育家、复旦公学校长李登辉看，得到校长的赞赏和可以安排工作的许诺。

但当徐悲鸿辞去家乡的 3 份教职，来到上海，站在李校长面前时，校长却认为，徐悲鸿还是个孩子，无法胜任教职。徐悲鸿因此流落于上海，找不到谋生的出路。

后来徐子明接受北京大学的聘请，离开了上海，但因惦念着徐悲鸿，又来信叫他去见商务印书馆《小说月报》的编辑恽铁樵。恽铁樵看过他的画后，本为徐悲鸿在商务印书馆谋得一份给中小学教科书画插图的工作，却又不知为何被人从中阻断，说是“徐悲鸿的画不合用”。

这对刚刚经历丧父之痛的徐悲鸿而言，是生命中又一次重大的打击。他饥寒交迫，流落他乡，绝望之中，来到黄浦江畔，想结束自己的生命。

但他想起了父亲临终前对他的嘱托，家中两代画家，父亲殷切地盼望他能够后来居上，超越先辈。此刻，母亲和弟妹还在小镇上的家中承受着生活的重压，他是长子，是全家的顶梁柱。

他因此放弃了结束生命的念头，并告诉自己：“一个人到了山穷水尽的地步而能够自拔，才不算懦弱啊！”

这年春节过后，他再一次回到上海。在这里，他遇见了人生中的第一位贵人——黄震之先生。黄震之是上海的富商，酷爱美术，也是一位颇具鉴赏力的书画收藏家。他无意间发现了徐悲鸿画的雪景图，画的是上海雪中的街道，画面里，泥泞的人行道上，行人瑟缩着身体匆匆前行。

黄震之的出现解了徐悲鸿的燃眉之急，他为徐悲鸿提供了最初的落脚之处。

后来，徐悲鸿报考震旦大学。被录取后，他向同乡的商人借贷交学费，然后一边靠作画取得微薄的收入，一边开始求学生涯。

因才华出众，虽然年纪尚轻，但是徐悲鸿仍受到越来越多人的赏识。仓圣明智大学邀请他为仓颉画像，在这里，他结识了康有为、王国维，后经康有为引荐，前去北京，经名士罗瘿公推荐，认识了当时的教育总长傅增湘先生，为此后出国留学埋下伏笔。

当时中国的美术界，仍处在以清代著名绘画流派“四王画派”为主流的暗影中。

这个流派的绘画技法集中国传统绘画技法之大成，但问题在于，过于泥古。

徐悲鸿认为，要开美术之新风，应当从西方的美术界汲取绘画经验，因此下定决心要前往欧洲学习。在他的坚持下，傅增湘最终决定派遣他前往欧洲留学。

1919 年 5 月，徐悲鸿到达巴黎。在这里，他第一次接触到那些传世的艺术真迹。

在近距离观察了这些作品后，徐悲鸿意识到自己的不足之处。他更加勤苦学习，考入巴黎国立高等美术学院，拜在画家弗拉孟门下。

他珍惜留学的每一天，把日程安排得满满当当。下午没课时，他就去一所私立的美术研究所画模特。回家时绕道塞纳河畔，在书摊上浏览书籍和图片。他也常去马场，还钻研马的解剖构造图，画了上千幅手稿。

这就不难理解为什么后来徐悲鸿画马功力高深了。在他的画中，那些奔跑的马匹栩栩如生，骨骼线条流畅，肌肉遒健。这些都是因为大师下过苦功。

但他生活贫寒，又时常因作画忘记吃饭，最终导致他落下终身不愈的肠痉挛。

当时，他在法国还拜了达仰为师。时年 68 岁的达仰，是 19 世纪末期法国学院派绘画名家。

达仰对徐悲鸿的教诲，徐悲鸿终身铭记。

达仰说，自己 17 岁时成为柯罗的学生，柯罗教他要真诚，要自信，不要舍弃真理以徇人。他对徐悲鸿说："学画是件非常艰苦的事，希望你不要趋慕浮夸，不要甘于微小的成就。"

成为九方皋

老师教导徐悲鸿，勿甘于微小的成就，后来，他便真的成为一代传奇。

他的传奇之处，并不仅仅在于个人美术造诣如何高超，还在于，他将个人的命运与时代的命运连接起来。20 世纪上半叶，因徐悲鸿的发掘及支持，国内美术界的许多人才真正开始被看见。

1927 年，徐悲鸿结束 8 年的留学生涯，返回国内。受好友田汉的邀请，他义务担任南国艺术学院的美术系主任。

这所学校是田汉寄予厚望的教育改革之地。徐悲鸿想要在此处复兴中国美术，清除腐朽的积习，推行现实主义艺术教育。

徐悲鸿满怀热情地在这里开启了自己的教育事业。他把自己的书都搬到学校，让学生们自由翻阅。他还把画具带到学校，成天在此教课和作画。

在欧洲接受严格的美术教育后，徐悲鸿在自己的教学中，也将素描放在一切造型艺术的基础地位。这是一种严格的训练方式，学生必须通过这种训练，初步具备写生能力，并理解造型的规则。

他是一位严格的老师，在教学中要求学生的绘画高度准确，不允许有一线之差。学生心中必须有数，下笔时务必要准，即使画错了也不能擦掉，他要让学生知道错在哪里。

严厉只是徐悲鸿教育过程中的一个小切面，严厉的底色，是博爱。

1928 年暑假，福建省教育厅邀请徐悲鸿为烈士蔡公时作一幅油画。画完后，福建省教育厅问徐悲鸿，应付多少稿酬。他说，自己不想要稿酬，只希望福建省教育厅能给一个留学生名额，以派他的一名优秀学生去法国学习油画。

最后，他的学生吕斯百和王临乙得到了去法国学习的机会。

后来，徐悲鸿前往南京中央大学艺术系担任教授，他此前的学生吴作人一路追随，也来到中央大学成为旁听生。但不久之后，吴作人遭到中央大学驱逐。

徐悲鸿得知此事，异常愤怒，决定将吴作人派往法国留学。

但吴作人幼年丧父，家境贫寒，没有能力承担出国留学的费用。徐悲鸿敏锐地察觉到学生的顾虑，于是告诉他，自己会为他想办法。

可问题接踵而至，吴作人当时甚至还没有取得大学文凭，无法达到申请护照出国留学的要求。于是徐悲鸿找到田汉，田汉笑呵呵地随手从身边的橱柜中取出一叠空白的艺术学院毕业文凭，从中拿出一张，填上了吴作人的名字。

徐悲鸿识别出了吴作人的非凡才能，并竭尽全力支持他完成了学业。1958 年，吴作人出任中央美术学院院长；1984 年，他被法国文化部授予“艺术与文学”最高勋章。

与此类似，徐悲鸿还向陈子奋、傅抱石等人提供了可贵的支持。

千里马常有，而伯乐难寻，这是亘古不变的道理，徐悲鸿深知这一点。他曾作画《九方皋》，呈现了《列子》所载九方皋的故事。九方皋能相千里马，且其相马不看表象，而能洞察其本质。

徐悲鸿笔下的奔马大多恣意洒脱，不套缰绳，但在《九方皋》中，骏马心甘情愿地被脖子上的红缰所缚，徐悲鸿对此解释道：“马也如人，愿为知己者所用，不愿为昏庸者所制。”

千古大师。

（摘自《读者》2021 年第 19 期）

此心安处是吾乡

沈　芸

老派是一种坚持，也是一种信仰。

3 年前冬日的某天早上，一个电话打断了我的思绪。来电者给了我一个号码，要我与身在美国纽约的程太太联系。

我想起来了，那是我爷爷的外甥女——五姑姑袁玲华，她的丈夫程树滋先生是华尔街的老银行家。2010 年我们在上海分手后再没联系过。电话接通了，姑姑悲伤地说：“树滋在 9 月过了……”她自己在医院里度过了生不如死的几个月，找回了以前的保姆周阿姨，回到新泽西养老院。她很想念我，怀念在上海老房子的时光。

姑姑交代我一些事情以后，周阿姨接过电话告诉了我很多细节，最关键的是，姑姑吃不到中国的东西，她的肠胃犯了思乡病。

赶在元旦前，我寄给她一些山核桃仁和柿饼。姑姑很高兴，她对我说，她很想家，想吃冬笋，还惦记着我从嘉兴给她带的肉粽子。“那真是美味极了，回味无穷，我一直都记着。”

姑姑吃不惯西餐，像生菜沙拉、土豆泥和牛排一类，她连看也不要看。她住的养老院很高级，每天提供两顿饭，而她只喝其中的鸡汤。周阿姨说，你姑姑会自己烧菜，她很节省，用冬笋头熬骨头汤，前面的嫩尖烧油焖笋。听着这些，我一下子感觉自己烧笋时扔掉的老头，太浪费了，有些暴殄天物。

姑姑喜欢的冬笋和肉粽子，可不是轻而易举能带进美国的。我想来想去，想到我们的朋友——在上海的张先生，他有家人在法拉盛，可以托他弟弟在中国城买，然后寄到新泽西。果然，张先生听说 95 岁的老太太需要帮忙，非常热情。我解释说，姑姑的儿女已经是华裔美国人，不太会买中国的食品，张先生十分理解。后面的事情一切顺利，姑姑在春节前收到 6 个冬笋和 6 个粽子，心情大悦！她吩咐周阿姨，年夜饭一定要吃粽子和冬笋。姑姑亲热地说，我让她感到了亲人的温暖。

这以后，每隔十天半个月，我都可以得到姑姑的消息，譬如她想吃炒豆芽菜和番茄炒蛋，可是要等她儿子两周去一次中国超市，把豆芽菜买回来；她去烫头发，顺便到法拉盛吃了上海点心、馄饨和小笼包，回来的路上，她一直在埋怨小笼包不好吃；感恩节去儿子家聚餐，她要提前搭配好衣服，化好妆，还要戴上墨镜和披肩，“这是风度”。周阿姨说：“你姑姑很讲礼数！”

从我 7 岁第一次见到五姑姑起，我们俩的关系从未像现在这么亲密过。我跟姑父倒是聊过天儿。姑父最得意的手笔，是改革开放后他为中美两国银行界牵线搭桥，为此，他们夫妇被邀请参加老布什总统的就职晚宴。姑姑给我看过她一身丝绒旗袍，盛装出席的照片。

过了一段时间，周阿姨说，你姑姑不对了！她经常出现幻觉，总是觉得房间里有她先生的影子，她会对着空气说话，口气像是在跟先生对话。没等我把这个信息消化掉，姑姑就正式通知我，她要跟周阿姨一起回中国养老，叶落归根！

2019 年 5 月，姑姑终于抵达上海虹桥机场。“我决定在这个时间回来，我要吃上今年的杨梅，想了好多年。”姑姑把她在美国的家产分给子孙，只带了日常用的衣物和两部轮椅，安排做体检，办理护照机票，登上飞机头等舱，一路睡着就到了上海。她不愧是在美国“黄金时代”打拼出来的成功人士，处理事情有着惊人的速度。

姑姑的归来，让我的内心很幸福。在她的身上，我再一次触摸到老辈人的脉搏，感受到家族血脉在流淌！

在每一个绵延不断的古老家族里，都会有一位老奶奶，她们可以是远在天边、彪炳史册的名流，也可以是弄堂里再普通不过的张家姆妈、王家阿婆。她们会抱怨吃咸肉菜饭时，怎么能缺了炖好的黄豆骨头汤，也会百般纠结有客人来吃饭时要加上哪两道荤菜。在她们看来，这些琐碎不是小事，而是关乎规矩和脸面。

像这样生活上不凑合，遇大事又扛得起江山的老太太，都是见多识广的神仙。《红楼梦》里的贾母，《唐顿庄园》里的老夫人，英国王室的女王……在众人焦躁不安时风轻云淡，就是老派人无人可及之处。在这一点上，家和国是一样的。

（摘自《读者》2021 年第 9 期）

有这样一群人

刘庆兰

在我的生活中，有这样一群人，他们饱受折磨，却坦然面对；他们平凡无奇，却热爱生活。

我初次接触他们，是在 2021 年 4 月。那天，我步履匆匆，手握母亲的各种检查单赶去住院部预约床位。我带着一丝忐忑与恐惧迈进肿瘤科的病区，迎面而来的是一股刺鼻的消毒水味儿。走廊上人来人往，我不敢多看一眼病房内的景象，直奔护士站。“现在正是医生和护士最忙的时间，他们在查房。”一个微弱的声音从身后传来，我转过身去，看见一个中等个头，穿着米白色上衣、黄白相间的条纹裤，脚踏粗绒黑布鞋的女子。圆圆的大眼睛在她清瘦的脸庞上特别明显，齐耳短发看上去有点儿歪斜。她就是之后与母亲住在同一病房的王云。

第二天，我将母亲与大包小包的生活用品一同送进了病房。可是王云好似没了前一天的精气神，双目微闭，侧躺在床上，一只握着白馒头的手垂在床沿边，一动也不动。中间床上半躺着一位中年大姐，见来了新病友，立马坐起来点头招呼。她个大体胖，面孔黧黑，一排白牙齿珍珠似的闪着光。她就是唐姐，母亲不大自然地与她打着招呼。

安顿好母亲，我从医生办公室出来时，满脑子都是“化疗”这个词。此刻，我双腿无力，内心明明感觉到痛，却无法畅快地流泪。人越长大，就越习惯压抑内心的真实感受。我斜靠在病房外过道的尽头，忽然觉得左肩有些沉重，扭过头一看，一只布满青色淤纹的手搭在我的肩上。这不是躺在床上的王云吗？“你怎么出来了？”我问她。她努力地笑了笑：“我今天感觉恶心反胃，出来走走，活动一下或许能吃点东西。你还好吧？不要害怕，来这里住院的都是肿瘤患者，只要积极配合医生治疗，只要活着，人生就还有希望。你要坦然面对，这样你母亲的心理负担才会轻一些。”

接下来的日子，我陪着母亲接受治疗，为争取有手术指征做准备。母亲外表坚强，内心却极为脆弱。第一次化疗时，她极为恐惧，许多副作用出现了，呕吐、乏力、头晕、低烧，而且晚上竟跑了一夜厕所，腹泻直至全身瘫软。隔壁床的大个子唐姐和王云在一旁安慰和帮衬着，自然也没睡好。

“一二三四五六七八、二二三四五六……”从阳台上传来的声音叫醒了沉睡中的我。我隔窗望去，唐姐和王云正做着自创的早操。早餐过后，病房陆续来了几位瘦骨嶙峋的人，她们都是正在接受治疗的患者。于是，唐姐开始表演脱口秀，内容是各种搞笑的段子，笑声一阵阵传来，被病痛折磨了一夜，躺在一旁的母亲也跟着笑了起来。

过了一会儿，病友们端着不知在哪儿做的饭菜，送到我和母亲面前，说:“吃吧，这是我们自己做的，我们带了锅、买了菜，对面病室拐弯处的小房间里可以做饭。你叫家里别送了，放心吃吧！”简单的话语、真诚的笑容，激起了我内心的暖流。

这时，一位中等身材、面黄肌瘦的男子出现在病房门口。“你怎么来了，今天没有事做吗？”唐姐转过身问道。“我、我……”男子话还没说完，就一把抱住了唐姐。“怎么了？是又没收到工钱吗？别担心，世上还是好人多，老板会给你结账的，早晚的事。”唐姐安慰他说。

他是唐姐的丈夫，以前是个小包工头，领着一群人去各个工地找活儿做。这几年行情不行，他从领着一群人做变成一个人干活。为了抚养一双儿女，还清这几年治病欠下的钱，刷墙、搬砖、挑土，只要有活儿，他都去做。3 年前，唐姐被查出乳腺癌，经过手术治疗后出院，这次住院是来复查的。

伴着抽泣声，大家知道唐姐的复查结果不是太好。由于前几年出院没多久，她就下地干活了，一如往常地照料着家里的几亩良田和几十只鸡鸭，长期的劳累导致癌症复发并伴有转移。男子泪如泉涌，念叨着:“叫你别下地干活，叫你多让孩子们做，你不听，现在、现在……”空气中弥漫着一股莫名的心酸。

唐姐深吸一口气，拍拍丈夫的肩膀，说:“没事，我这个大块头，不会轻易被打倒的。现在的医学这么发达，办法总比困难多。”饭后，她将这几年与病魔抗争的过往娓娓道来，我感觉她仿佛在分享自己的开心往事。在这之后，她除了每天按部就班地做早操和给大家讲笑话，就是望着天花板傻笑。

从隔壁房间走来一位白发爷爷和我们打招呼，他姓冯，今年 83 岁。之前的医院已告知家属做好心理准备，说他最多只有 3 个月的时间，可转到这边医院时已是半年后了，他打破了之前医生的预测。虽然转来时他瘦得两条腿跟木棍似的，没有胃口，主要靠输营养液维持生命，但他每天都会强迫自己吃点儿东西，哪怕吃了又吐。这股强大而坚定的意志力不仅源于他自身，也源于他老伴儿的日夜陪伴与儿女的悉心照料。他每次都要将送饭的儿女送到电梯口，直至电梯关闭看不见儿女的身影，并且显示电梯到了一楼，才拖着蹒跚的脚步缓慢踱回病房。他每天让老伴儿搀扶着到各个病房给大家讲述自己与病魔较量的故事，像极了一位给学生授课的老师。

病房里时不时会聚集一群人，聊聊家常，互相鼓励，你塞给我一个包子，我分给你一个水果。大家分享着自己的故事，笑声透过房门飘荡在走廊，连值班的护士都忍不住抽空进来聊两句。一位沉默的大叔与这群人不同，他的眉间总画着个“川”字，不管谁和他说话，他都置之不理。家人送来的饭菜总被他放在一边，热了一遍又一遍，不是这不好吃，就是那不合口味，反正他总能挑出毛病来。他每天不是坐着就是躺着，难得见他下床活动。他也不顾医生的再三叮嘱，总是熬夜在手机上玩牌，喜欢点外卖，还专点医生不让吃的重口味的菜，吃上几口就直接扔掉。邻床嚼着大饼的奶奶见了直摇头，一是哀叹这食物被糟蹋很可惜，二是不理解他一边用着昂贵的药，一边还随心所欲地“胡作非为”。不久后，他眉间的“川”字忽然舒展开了，还主动向大家微笑，夕阳西下时，他安静地永远闭上了双眼……

慢慢地，母亲从之前对化疗的无比恐惧变得逐渐适应，一边输着化疗的药物，一边唱着歌。虽然出现骨髓抑制与掉发现象，她却没有惊慌，而是镇静地轻轻抚摩着自己的头发。正捧着垃圾桶呕吐的王云见状，擦干净嘴巴走过来，摘掉假发，故意做出怪异的动作将母亲逗笑。天哪！

我猛然一惊，原来她歪斜的齐耳短发是假的，难怪看起来怪怪的。以前我在街上见到类似她这样的奇异发型和面容，会诧异地打量一番。那一刻，羞愧感充斥着我的全身。

随后的日子，先生被调派下乡驻村，只剩下我一个人照顾母亲和正值青春期的儿子。尽管我要一边工作，一边照顾老小，尽管我是单亲家庭的独生女，可我再也没有之前对冰冷医院的恐惧。逆境中，这群人让我看到许多事情的真相，明白很多人生道理。母亲的新病友峰哥知道了我的情况，拍着胸脯说："你妈妈交给我吧，跟着我吃，你就不用那么辛苦地送饭了。"说着，他给母亲送了两个热气腾腾的红薯和土豆。"哈哈，我就喜欢吃这些，这两天正好嘴里没味儿。"母亲乐得像个孩子。

头戴鸭舌帽遮住半边脸，身着宽松的T恤衫，脚踩休闲鞋，一副街舞舞者装扮的峰哥，还真的会跳舞。只见他滑步舞动，手臂就像一阵波浪起起伏伏，手上的银饰也随之振动。他的每一个动作都自然流畅，仿佛关节都是松的。从舞姿，你完全看不出他是一位经历了两次手术的癌症晚期患者，更察觉不到他因患病而家道中落的窘迫。妻子卖掉房子，离开了他和女儿，他默默承受着这一切，没有告诉忙于农活的父母。他将女儿送回老家，谎称自己外出学习。很快，他要再次接受治疗。癌症带来的疼痛不是普通人能忍受的，疼得厉害的时候，他紧紧盯着手机相册里女儿的照片，没有喊过一声痛，也没有呻吟过一声。

自己若不坚强，靠谁都没用。不管出现什么事情，都要有稳定的心理和坚定的意志，就像这群人一样。

在肿瘤科的病区，还有很多这样的人。满口牙掉光瘪着嘴的奶奶，每天笑眼弯弯地出去溜达。为体谅开出租车的儿子，她独自在病房接受了40余天放疗，每天只让儿子送一顿饭。还有本该意气风发的小伙子，喜欢戴着口罩站在窗边向外眺望。他在等待，等待辛苦经营小店挣钱给他治病的母亲，抽空来照顾他。

我和母亲就这样融入了这群人，时刻被触动着、温暖着，母亲的治疗效果很好，病灶明显缩小，我们争取到了手术的指征，可以暂时回去休养一段时间再来接受手术。临走时，过道上站了一群人，恋恋不舍的眼神、羡慕渴望的目光……无牙的瘪嘴奶奶走上前抱住了我："妹仔，你是好样的，让我抱抱你。"

这样一群人，简单、纯粹、真实，他们本是一群需要被关爱和照顾的人，却在有限的生命里用另一种方式展示着生命的力量。

（摘自《读者》2022 年第 19 期）

“做完”就好

刘荒田

临睡前读《随园诗话》，被这一则害得失眠：“小秋妹婿张卓堂士淮，弱冠以瘵疾亡。弥留时，执小秋手曰：‘子能代理吾诗稿，择数句刻入随园先生《诗话》中，吾虽死犹生也。’”

年纪轻轻就死于痨病的书生，最后的愿望是请代他整理诗稿的人，设法让袁枚把他的诗作收入《随园诗话》。这本诗话在当时名气已大得不得了，天下诗人，或亲身，或托人，源源不绝地把作品送到随园。诗话中多处提及这一“盛况”，袁枚不堪重负，频频叫苦。他自有标准，要求严苛，不是谁都登得了这个“龙门”。好在，对早逝的张卓堂，袁枚“怜其志而哀其命”，便真选了“数句”。

我在昏暗中对着天花板，想到两个字：做完。张书生临终前，把“做完”定义为“有诗入《随园诗话》”，其逻辑该是这样：《随园诗话》一定不朽，而经袁枚的法眼，把自己的诗作纳入其内，“我”遂“虽死犹生”。古人所推崇的立德、立功、立言“三不朽”，能争取到最后一个，泉下当感欣幸。

进一步想，人生的“完”即了结，谁都轮得到，放之四海而皆准。问题是：“生”这个躯壳内有的是内容。实的是日逐日的生活，虚的是记忆、思考、情怀、梦。到了人生后半段，如何“了”才算有所交代？我想起和卧室距离不过数米的后院，那里有三种植物，算得上三个“完结”的象征。

第一个是栅栏旁边的日本枫。这种枫树叶子常年呈褐色而不坠，树形矮小而娉婷如少女，我早就想种一棵，苦于买不到。后来经友人指点，网购一棵。收到后看，才一尺高，极纤弱。好不容易栽下，一个月后便枯死了。先天不足，水土不服，属于早夭，可拿来譬喻半途而废的一类，备受压抑，加上自身定力不足，潜能来不及滋长就失去了生机。

第二个是柠檬树，移栽后第一年就落尽叶子，萎了，差点被我拔掉。次年春天，干枯的枝条冒出两叶鹅黄色的芽尖儿。一场微雨，树干由黄黑变淡绿，叶子次第长出。这是历劫而生还的一类。它虽然活过来了，但不蓬勃，让我想起“蔫人”。行动能力有限，凑合着过下去。于他们而言，“做完”不成为问题，因为压根儿“无为”。他们在晚年无嗜好，无奔头，只被动地应付逼近的病痛和无聊。

第三个是南瓜。粗壮的藤蔓逶迤墙头，黄花灿灿照眼，蜜蜂捧场，小瓜一下子结了十多只。一个月后，完成淘汰，只剩两只最大的瓜。如今，瓜沉着地蹲在叶丛，一天比一天胖。可以预期，到了金秋，它们可重达数十斤。前提是无意外，如恶劣天气、虫害以及人为过失。

南瓜提供的是“做完”的榜样。首先是生命力强大，你在旁赞美或诋毁，它都不理会。完整地经历从萌芽、成长到结果的过程，乃是外物难以遏制的使命。其次是主次分明，有所舍弃，以求最后的丰盛。

总之，做完，不是烂尾楼，不是半桶水晃荡，不是心有余而力不足。是南瓜就致力于长大。如果说，歌手最美丽的“做完”是在舞台上谢幕时，掌声如潮水般涌来，他鞠躬却起不来，就此撒手；那么，把一直在做的事做到最后，于凡人就不是太奢侈的要求。

有人说，做完又怎么样？谁欣赏你？《随园诗话》中另有一则说，有人老称赞自己的诗，很讨人嫌，但一老于世故者说：“勿怪也。彼自己不赞，尚有何人肯赞耶？”

努力对镜自我赞美就是。

（摘自《读者》2021 年第 20 期）

父亲的姓名

毕飞宇

突然来了一场大暴雨。

这场暴雨是在半夜来临的，我正在酣眠。后来，电闪了，雷鸣了，再后来整个大地都被暴雨敲响，动静相当大。暴雨之夜并不安静，但是，也许有人会同意我的观点，暴雨的吵闹声反而有助于睡眠。

一觉醒来，空气清洌，令人神清气爽。我们家门口的操场成了风景——那是一块平淡无奇的泥地，因为一夜的暴雨，被冲刷得平平整整，仿佛等待书写的一张白纸。

孩子有孩子的狂野，这狂野就是破坏。孩子见不得平平整整的雪地，也见不得平平整整的泥地。但凡有平整的雪地和泥地，孩子一定要让它们铺满自己的脚印，精疲力尽也在所不惜。

但这个上午，我对平平整整的泥地动了恻隐之心。我不想破坏它，相反，我要尽我所能地保护它。我没有在操场上留下我的脚印，没有让操场布满疤痕。

暴雨之后通常是艳阳天。大约在午后，骄阳把湿漉漉的操场烤干了。我光着脚，来到操场。操场是滚烫的、松软的，当我踩在上面时，会留下我的脚印，但是，泥土没有被翻起来，操场上依然没有疤。

我想在操场上写字，这个念头在刹那之间就产生了。几乎就在同时，我决定了，写我父亲的名字。

父亲的名字向来是一个忌讳，一个孩子无论如何也不会无缘无故地使用父亲的名字。我还要强调一点，我害怕我的父亲——因为忌讳，因为害怕，我决定写父亲的名字。

我找来一把大锹。现在，这把大锹就是我的笔。

我目测了一下，把操场分成两半：上半部分，我要写一个扁扁的“毕”；下半部分，我则要写一个扁扁的“明”。

在开始书写之后，我意识到，操场的实际面积要比我估计的大得多。我提着锹，用尽全力，几乎在奔跑。有好几次，因为提大锹的角度有问题，我跌倒了。但是，跌倒了又怎么样呢？什么也阻挡不了我对忌讳的挑衅，什么也阻挡不了我对恐惧的挑衅。我心花怒放啊。

我要说的是，我最终完成了我的杰作。“毕明”那两个字被我用大锹“写”在了雨后的操场上。我气喘吁吁，巨大的操场被我刻成了父亲的私章。操场坑坑洼洼，我则心花怒放。

父亲后来过来了，他看了我一眼。那一眼让我紧张万分。他还看了一眼操场，就站在自己的名字上。很奇怪，他没有认出自己的名字。他有些茫然，不知道自己的儿子在忙什么。他有些狐疑，因为他的儿子满身是汗。

但父亲到底也不知道我干了些什么——他都站上来了，他只要用心一点点，我所做的一切就全都暴露了。谢天谢地，我干了，而什么都没有发生。

许多年之后，我们家已经在中堡镇了，父亲给我讲苏东坡的诗，“不识庐山真面目，只缘身在此山中”。我就坐在父亲的身边，突然想起那个“遥远的下午”，我的小心脏都拎起来了。我偷偷地笑了。这两句诗不用他讲，我比他还要懂——我曾经亲手把我的父亲送到“庐山”上去，他自己都没能认出“庐山”，还给我讲这句诗呢。

我不是一个干大事的人，也没干过什么大事。可是，我懂得一个道理，如果你决定“干大事”，一定要往“大”里干，当“事情”大到一定的程度，再危险都是安全的。

（摘自《读者》2021 年第 19 期）

中秋不复

徐　佳

永和九年（353 年）的暮春，在那场被永远记录下来的聚会上，宾主四十余人雅集修禊，曲水流觞，饮酒赋诗。

在这场聚会上，有几个人因为没有写出诗来而被罚酒三杯，其中就有王羲之的小儿子王献之。

那一年，他只有九岁。这个沉默寡言的孩子似乎对作诗没有太大兴趣，喝完了罚酒，在众人嬉笑怒骂地聊天时，他只是安静专注地望着父亲，观察父亲写字时的每一个细微动作，甚至表情，以及他在纸上写下的一撇一捺、一点一钩。

他练习书法已经五年。

起初，在父亲的七个儿子里，年纪最小的他并未得到垂青。相比而言，才华横溢的二哥凝之、潇洒不羁的五哥徽之在书法和性格上更像

“书圣”，王羲之在心里也早已准备将自己的“衣钵”传给他们。

直到有一次，年幼的王献之正在练字，人到中年的父亲聊发少年之狂，突然从背后去抓他的笔。这可能是很多父亲都做过的恶作剧，常常会吓孩子一跳。可当王羲之抓住儿子的笔的那一刻，他自己却吓了一跳——他竟然拔不动这支笔！从此，他一改往日对这个小名“官奴”的幼子的忽视，开始培养他练习书法。

王献之果然不负所望，他的字越写越好，以至大司马桓温都要请他题写扇面。他的淡定也让世人刮目相看，在给名震天下的桓温写扇面的时候，笔墨误落扇上，围观众人均大惊失色，王献之却不慌不忙地将墨迹改画成黑马母牛，还绘得十分精妙。

回到兰亭集会上，在目睹了父亲写下最美的书法篇章之后，王献之意识到，父亲的书体已达巅峰，自己实难超越。于是，他决定不仅要继承家学，更要兼众家之长，集诸体之美，独创一体。

他开始学习东汉草书大师张芝等人的传世之作，并广泛拜访当时健在的书法大家，精研各流派的风格。

多年后，向来欣赏他的谢安认真问他：“你的书法与令尊大人的相比如何？”王献之回答：“自然不同，各有所长。”谢安又道：“旁人的评价可不是这样的。”王献之复道：“旁人哪里懂得？”

从形式上看，他的草书既有父亲的风骨章法，也有自己的独创技法，如他往往一笔连贯数字的“一笔书”，与其父的草书就大不相同。更重要的是，他似乎放下了父亲写字时的拘谨，更具自信洋溢的张力和不为外物所累的逸气。

只是，为人淡定、写字飘逸的王献之，在一个中秋之夜，竟然也会黯然神伤。

这封流传下来的、传为王献之所写的书信——《中秋帖》，已不知是寄给何人的，仅存三行二十二字："中秋不复不得相，还为即甚省如，何然胜人何庆，等大军。"

从字面上已经很难还原王献之的本意，只知大概意思是，中秋佳节见不到你，我不知道要如何度过这节日，也无心欢庆，只好等大军归来之日再一起庆祝吧。

月圆之夜，他思念远在前线的亲友，以致夜不能寐，起床索笔狂书。在战乱频仍的南朝岁月，书法家王献之十分关注远方的战事。他不知自己的亲友在军中是否平安，在月影清辉之下是否也在思念这江南的故土？

东晋建立后，虽然由于实力悬殊，偏安江南已成定局，然而爱国将士仍以北伐中原、恢复疆土为己任。故东晋自始至终，屡有北伐之举。先后有过祖逖、庾亮、殷浩、桓温、刘裕等人领军的数次北伐。

王献之《中秋帖》里所说的尚未归来的大军，从年代来看，应该是指太和四年（369 年）桓温率领的第三次北伐的大军。这一年，王献之已经二十五岁，正在谢安幕府担任长史，并未参与桓温的北伐，却无时无刻不在密切关注着这场战争。因为这场战争事关国运，他的诸多亲朋好友亦投身其中。

桓温，这个王献之孩提时为其题写扇面的豪杰已然老去，这是他生命中的最后一搏。他请与徐、兖二州刺史郗愔，豫州刺史袁真，江州刺史桓冲一同出兵，其中郗愔驻京口的军队是东晋最为精锐的部队，也就是后来刘宋借以威震天下的"北府兵"。

郗愔之子郗超被桓温的人格魅力打动，他假借父亲之名通过书信将徐、兖二州刺史的职位让给了桓温，使之如虎添翼。桓温的大军渡过黄河，于黄墟大败前燕所派慕容厉的两万铁骑，前燕皇帝慕容甚至打算北逃辽东，以避其锋芒。消息传回江南，东晋朝野一时欢腾。

其时正是中秋时节。

但是，王献之似乎并没有在吉光片羽的书信里流露出太多的喜悦之情。

他是个目光深远的人，十万大军在黄河之北，天气渐冷，衣食难继，随时有被切断归路的风险。他只希望大军尽快归来，他将带着醇酒前往迎接。

果然，中秋节之后，前燕开始反击，慕容德与刘当共率兵一万五千人驻屯石门，李邽以五千豫州兵切断桓温粮道。桓温见战事不利，且粮食将竭，更听闻前秦援兵将至，于是在九月焚毁船只，抛弃辎重，狼狈南逃。从此，东晋再也没有了恢复中原的希望。

面对国事，面对亲友之安危，沉默淡定的王献之也有他深情的一面。

王献之的深情，除了给亲友家国，还给了他心爱的女子——郗道茂，她是他的妻子和表姐，而那位被桓温夺去兵权的郗愔便是她的伯父。王献之在十七岁时与郗道茂成婚，夫妻俩十分恩爱，父亲王羲之也很喜欢这个儿媳，在去世的前一年还为她写了《郗新妇帖》。王献之风流蕴藉，乃一时之冠，新安公主十分仰慕他，便央求皇帝把她嫁给王献之。东晋简文帝下旨让王献之休掉郗道茂，再娶新安公主。王献之深爱郗道茂，为拒婚，他用艾草烧伤自己的双脚，后半生长年患着足疾，行动不便。可即便如此仍无济于事，为了保全家族，王献之只能忍痛休妻。郗道茂的父亲郗昙已亡，被弃后她只得投奔伯父郗愔篱下，再未他嫁，生活凄凉，郁郁而终。

王献之曾写信给她，称：“方欲与姊极当年之足，以之偕老，岂谓乖别至此！诸怀怅塞实深，当复何由日夕见姊耶？俯仰悲咽，实无已已，惟当绝气耳！”

正如《中秋帖》里所写，在王献之的人生中，等待与迎接是最重要的部分。

在王献之生命的最后一刻，别人问他此生有何错事和遗憾，他只说了一句："不觉有余事，惟忆与郗家离婚。"这句话被记录在《世说新语》里，成为这位深情书法家的最后身影。

魏晋风度，若无深情，终究是纸上凉薄。深情，是魏晋风度的温度，也是书法的内在精神。

"笔性墨情，皆以其人之性情为本"，诚哉斯言！

（摘自《读者》2022 年第 12 期）

生命的演唱会

张大诺

弹吉他的少年

他，十八岁，血癌。

在他生命的最后半年，我们成为朋友。

一想起他，我的脑海中就出现这样一个场景：医院里，他趴在床上，认真地答题——他想参加电视台一个答题竞赛节目。他的父母也对此大力支持，给他买了许多书，全家人一起为之努力。

孩子当然不知道自己的病情，只当是贫血，父母却早已被医生告知：还是放弃吧，没有办法了。但是父亲只想延长他的生命，哪怕只有半年，等孩子的知识问答准备好了，就去参加那个节目。

那时，我刚做临终关怀不久，也加入和孩子一起答题的过程。

我只要一和他说参加节目的事情，他就很兴奋，我们还一起设想怎么坐火车，到了录制节目的城市后去哪里玩，参加节目时怎样做才能不紧张。和他聊这些的时候，我就想，如果他没有病，该是一个多么快乐的孩子！

父母不在病房的时候，他会问我："张哥，你说哪里有适合学生打工的地方？"

"干什么？"

"挣点钱，当医药费，爸妈花了不少钱了。"

"那你有什么技能呢？"

"我会弹吉他，可以去唱歌挣钱。"

"就你这身体，别是没干几天，病情又加重了，花的钱更多。"

他想了想，说："也是，但我就是想干点啥，挣一点是一点。"

"那就好好准备答题竞赛，等上了这个节目，给你爸妈赢回一大堆家用电器！"

"张哥，你怎么知道我去那个节目是为了挣钱？我还真是这么想的。"

"我当然知道，否则你怎么会有那么大的动力。"

"那你别告诉我爸妈，他们肯定不会同意的。"

其实，我已经知道，他不可能去参加那个节目了，大夫说他的身体经不起长途旅行。对于他生命最后的愿望，我有了新的想法……

自制磁带

我想给他录制一盘磁带，收录他演唱的十首歌曲。这盘磁带，对他和家人而言，也许是一个很好的纪念。

我对朋友说："钱不多，我来出吧，录的时候，让老板说是免费的就行了。"

一切都准备好后，我对孩子的父母说："我有个朋友是开录音棚的，他听说孩子的事情后想免费给孩子录一盘磁带。"

他们很惊讶，也有点激动。当我们把消息告诉这孩子时，他几乎在下一秒就要开始练习！

从说起这件事到最后录制完毕，用了十天左右。这十天，孩子不再是病人，不再提自己的病，只是非常用功地练琴；他的父母也不再是病人家属，从他们说话的语气中，我能感觉到难得的放松。

我也渐渐感受到，他们之间的气氛，那种因病而生的、顽固的、压抑的气氛改变了。

打个比方，就像冰山，广阔阴冷，即使有阳光照着，也能让人感到无所不在的寒意。寒意之上，是每天都有的烦躁，像冰盖上肆虐的风；或者，是越来越重的压抑，像冰盖下更深的"寒流"。

他们回到了难得的、纯粹的、有某种期盼的温暖氛围中。

演唱会

磁带录制出来了。

我被邀请到孩子家里，一起去听录音。

在他家的小客厅里，孩子坐在沙发上，我坐在他的旁边，一起看着对面桌子上的录音机，孩子的父母站在录音机两旁。

阳光很好，照进这个小客厅，我们中间的空地上有闪动的光影。

仿佛一个重要的仪式，我们每个人的面容都有点严肃，以至于孩子突然说了一句："我有点紧张。"

我们不由得笑了起来，气氛逐渐缓和。

按下录音机播放键，孩子的歌声传了出来。

也许是录音机的问题，孩子的歌声听着有点闷，但是能够听出来孩子唱得非常用心。他的模仿能力很强，唱张宇的歌时就有张宇的味道，唱张学友的歌时就有张学友的味道。

听的时候，我一直用余光观察孩子的表情。一开始，他确实有点紧张，脸有点红。后来，他渐入佳境，闭上双眼跟着曲调哼唱，手也有节奏地打着拍子。

他的父母站在那里，一会儿看看我，一会儿看看孩子。盯着孩子看时，有一种心疼的感觉，后来就放松一些了。偶尔，我们三人会相视一笑。

你能体会那种心情吗？他们为孩子付出了那么多，经历了那么多痛苦，却挽救不了孩子的生命；而我，看到孩子在疾病中的痛苦挣扎，也知道他将不久于人世。但这一刻，我们在满屋的阳光中听他唱歌，并能相视一笑，心中充盈着莫名的满足。

那是怎样的感觉啊！

半个小时很快就过去了，磁带的一面已经听完，在按键自动跳起的那一刻，屋里掌声响起，仿佛一场演唱会获得了空前的成功，所有的听众都激动不已。

此时，不就是一场生命的演唱会吗？

这场演唱会的主角，我身边的孩子，先是羞涩地低下了头，然后一扬头站了起来，向我们，向屋内的"歌迷"热情地挥手……

他的爸爸妈妈开怀大笑。

二十多天后，孩子离开了这个世界。

（摘自《读者》2022 年第 16 期）

碧涧一杯羹

桑飞月

小区门口常有老人来卖菜。萝卜缨子南瓜头，小小青蒜地瓜梗……都是他们从这座城市的缝隙里种出来的旧相好。作为一个新江南人，对于这些菜，我通常只是看看，并不太会吃。不是嫌弃，是不知道怎么吃。

一天出门时，我终于看到了一种我会吃的菜：香菜。其新鲜肥嫩、青翠欲滴的模样，让我在心里打起了小算盘：嗯，回头我要买上一把，配青蒜辣椒油，做成酸辣汁，蘸饺子吃。于是，我决定先去超市买饺子。

回来后，卖菜的大爷却告诉我，他卖的不是香菜，是芹菜。顿时，以资深主妇自居的我有点儿蒙：怎么会是芹菜呢？我驰骋菜场那么多年，也没见过这么细小孱弱的芹菜。唉，这大爷也真是，把芹菜种成这副模样还敢拿出来卖。“这可怎么吃啊？”我们家吃芹菜，通常只吃茎，可眼前这茎，细成头发丝一般。

“做汤呀。碧涧一杯羹，夜韭无人剪。”大爷漫不经心地吟道，我却大吃一惊。都说卖菜的大爷大妈不可小觑，这下我算见识到了。与此同时也明白了这芹菜为啥这么细，大爷种的哪里是菜，分明是情怀，是诗意，是醉翁之意不在酒啊。

“碧涧一杯羹，夜韭无人剪。”这是南宋词人高观国的句子。众所周知，春天的韭菜鲜香无比，是上等菜肴。但是，如若有一杯碧涧羹的话，那春夜雨露浸润过的嫩韭，也就没人稀罕了。高观国还说，“野意重殷勤，持以君王献”——他还想把这美味献给君王呢，由此可见，这碧涧羹是多么美味。

碧涧羹究竟是道什么羹呢？其实，它就是芹菜羹。

南宋词人林洪在《山家清供》中专门讲过这道菜的做法。荻芹取根，赤芹取叶与茎。二三月里，做羹时采来，洗净，开水焯一下取出，用醋、芝麻、盐，与茴香一起浸渍，可用来做酸菜，也可用来做羹。羹味清爽馨香，一口下去，让人感觉像来到了碧绿的山涧，所以称它为碧涧羹。

碧涧羹一词，最早来自杜甫。他在《陪郑广文游何将军山林十首》中写道：“鲜鲫银丝脍，香芹碧涧羹。”直接给水芹羹打了个好广告。从此，诗人们写诗，也干脆用碧涧羹来称呼芹菜羹了。除高观国外，明朝诗人高启也曾写道：“饭煮忆青泥，羹炊思碧涧。”

如今，芹菜是一种常见蔬菜，似乎没什么特别，如若非要找出点儿特别的话，那就是有人觉得它味怪而不愿意吃，譬如我家小朋友。但在古代，它却被认为是一种极好的食材。《吕氏春秋》中说：“菜之美者……云梦之芹。”意思是，云梦那个地方出产的芹菜，是蔬菜中的美味。这不禁令人想起了那句老话：多食滋味少，少食滋味好。

看在大爷吟诗的份儿上，这天，我从他那里买了一把青芹。回家后，洗净切碎，焯水做羹。手头没有茴香和芝麻，那就打个蛋花。出锅后，我用白瓷小碗分盛了，郑重地请大家品尝："古籍中流传下来的千年美食：碧涧羹。"女儿听罢，拿起调羹舀了一勺："啊，真好喝。"然后就单喝那羹，很快，半碗下肚。"用什么做的，这么好喝？""芹菜。"我说这两个字时，心里有些忐忑，因为这是女儿从来不吃的蔬菜，以为她会反感。结果没有，她像没听到一样，还在盛。"我也想把菜吃出诗的味道来。"她说。我听后笑了："那你要多读书呀。"

文人靠文气养心，家常便饭通常也能吃出山河之味，仿佛他们的锅底藏着诗。身为现代人的我们，物质更富足了，但吃饭也只是吃饭，有时还会吃个浮华。说到这儿，心中不免有些感慨，什么时候，我也能把芹菜羹吃成碧涧羹，把俗世生活过成诗呢？

（摘自《读者》2022 年第 2 期）

遗愿清单

纪慈恩

白小诺是我见过的所有临终者里最阳光、对待死亡的态度最坦荡的，虽然她去世的时候才 25 岁，但她已经走向生命的极致。

一

白小诺是一个白血病患者，她从 15 岁开始与白血病抗争，一直等到 25 岁，也没有等来匹配的骨髓。在她 18 岁的时候，她和家人商量，决定放弃部分治疗，因为实在太痛苦了，她想好好地过一过正常人的日子。

最终，他们达成一致。白小诺离开医院，开始过所谓“正常的生活”——她找了一份在咖啡馆的工作，不累，悠闲，环境好。当然她也会有身体不好的时候，那时就来医院住一段时间，然后出院继续生活。

我认识白小诺是在她 21 岁的时候，那年我 23 岁，因为年龄相仿，我们很谈得来。我第一次见她的那天，她来医院住院，嘻嘻哈哈的样子，完全不像一个重症病人。

那时，我年纪小，并不能很好地掩饰自己的担忧。被白小诺看出来的时候，她会说："我都不愁了，你愁什么？死生有命，我尽最大的努力活下去，但如果那一天真的要来，我们都没有办法，对不对？"

小诺有一个男朋友，他们在一起很多年了，她很爱他，也很感激他，因为他，她短暂的生命可以足够完整。只是男孩的父母并不赞同这段感情。有一次，我碰到男孩的妈妈来看小诺，看小诺的表情我就知道，这位母亲来看她是真心的，但是想要她和男孩分开也是真心的。

白小诺并未退却，她对男孩的妈妈说："我理解您，可是，您以为他和我分手了，就会得到解脱吗？我死了以后，他会因为没有和我走完这条路而悔恨终生。"

我很欣慰，小诺是这样想的。我告诉她，我曾经也有这样一份感情，幸好，我和你男朋友一样坚持。

"他，去世了吗？"也许是同病相怜，白小诺对我的这段感情很感兴趣。

"是的，他已经去世了。"

他是一名来自美国的志愿者，我们在福利院相识。他患有非常严重的先天性心脏病。当医生宣判"死刑"的时候，他不愿意离开这个世界，想到的都是病痛的折磨和父母的操劳。所以他来到中国，想帮助和他一样患有先天性心脏病的儿童。于是，我们就在这样的情况下，相识，相恋，离别。爱过他，始终是我此生最大的荣耀。

白小诺突然抱住我，轻轻地问我："你想他吗？"

我默默地点点头。

“我从认识他的第一天开始就知道他有病，也知道他的生命已经接近尾声，但我还是义无反顾地去爱他。虽然所有人都不同意，但是我很欣慰我当时勇敢地去爱他了。如果我像你男朋友妈妈希望的那样做了，我想我会后悔，而这样的后悔是无法弥补的。所以，你是对的。”

白小诺哭了，我知道她想到了自己，她说：“慈恩，我一定会努力地活下去，无论能活多久，我一定会努力。”

可是该发生的终归还是会发生，人的意念无法终止疾病的步伐。

小诺的病靠药物已经无法维持了，她已出现慢性出血，医生建议马上进行化疗。

小诺一直是拒绝化疗的，过去的化疗几乎将她整个人摧毁、耗尽，她不想这样活着。

医生说，如果接受化疗，她大概还可以生存 40 个月。

“不，我不化疗。”这是白小诺的决定。虽然我们——她的父母、男朋友、医生和我都在劝她，但她似乎早已做了选择。

“我又不是第一天得这个病，我对这个病早已了如指掌。纪慈恩，你告诉我，如果不是因为我们是朋友，如果不是因为有感情，遇到我这样的病例，你认为应当如何选择？”白小诺用质问的口气说。

是的，她早已看穿我。她说得没错，化疗是个无底洞，一旦开始，病人将深陷在无止境的痛苦里，寿命在延长，但是人已不像个人。

“我只能说……如果是我，我不会化疗，但是……每个人不一样，有的人只要能活得久一点，再痛苦的治疗也愿意做，所以……对于选择怎样的医疗手段，并没有唯一的答案。”我这样回答白小诺。我没敢看她，因为我是心虚的。此刻的我明明和所有家属一样，是为了“我”，而希望她活着，因为我不想失去她，而我也不想让她承受痛苦。

“慈恩，我知道你怎么想的。但是我告诉你我最真实的想法。我刚得白血病的时候，医生说没有匹配的骨髓，我只能活 5 年，但是现在已经 8 年了，我用自己的方式活着。在这 8 年里，我其实和正常人没有什么区别，我还算享受了我这个年龄应该享受的青春。可是现在，你们要让我和那些病人一样去化疗，看着自己的血一点点变成黑色，然后心虚地等待不知道什么时候会到来的死亡。坦白说，我做不到。我只想活一天就好好活一天。40 个月和 4 个月，对我来说没有区别，只是数字。到了 40 个月的时候，谁又会开开心心地送我走？到那时，他们还是会痛骂命运，还是会说这个世界不公平。所以，我不想成为这样的人，我就想像现在一样。所以，我不能化疗。”

直到现在，白小诺的这番话依然让我记忆犹新。不得不承认，是小诺带我走向一个全新的领域——当身患重症时，我们应该选择怎样的医疗手段？

当然，她选择了对自己最好的、痛苦最少的、最体面的方式——放弃化疗，靠输液来维持基本的造血功能，到哪一天，是哪一天。至于生命的长度，她大概很多年前就不那么在乎了。

二

有一天晚上，小诺给我打电话，说她发现了一部很好看的电影——《遗愿清单》，希望和我一起看。

《遗愿清单》讲述的是，两个性格、职业、经济状况迥异的癌症患者，在他们最后的日子里写下一条条“遗愿清单”，并去完成，然后没有遗憾地离开这个世界。

我记得看完电影的时候已经凌晨2点了，白小诺说："来，拿张纸，我们也写。"

我目瞪口呆地看着她，她说："我也想像电影里的那个人一样去喜马拉雅山，我这个状况，去得了吗？所以，完成遗愿要趁早。"

白小诺向我使了个调皮的眼神，暗示我"快写吧"。于是，夜深人静时，我们俩在纸上写下我们的遗愿清单。

白小诺的遗愿清单

1. 去蹦极

2. 去火葬场看看

3. 去大学上一堂课

4. 去一次海边和沙漠

5. 一天之内看看日出和日落

6. 和每一个朋友告别

7. 养一盆花，看着它生长、繁茂、衰败、死亡

8. 照一张面带笑容的遗像

9. 去男厕所上一次厕所

10. 裸泳

那晚，我失眠了。

一个女孩要有多大的勇气，才能面对即将到来的死亡，并泰然处之？她经历过怎样漫长的路程？即便我陪伴了她几年，我依然不知道。

第二天她就给我发短信，希望我和她一起去火葬场。她说想看看她人生的最后一站。去的那天，在路上，我们都没怎么说话，只是拉着手。是啊，这毕竟是两个活着的人去火葬场。到了火葬场，小诺和门卫说：

“我很快就会来这里，可不可以先参观一下？”

门卫一脸愕然，但还是让我们进去了。

后来，小诺最终完成了她遗愿清单里的所有事情，她说：“虽然意犹未尽，但似乎也够了。”

“我想去了那边，骄傲地告诉他们，虽然我得了10年的白血病，但是我没有痛苦，我在爱自己这条路上，做得好极了。”

此时，我想，小诺已经知道自己的日子不多了。

那天下午，阳光很好，一缕阳光直直地照在小诺的脸上。此时，她已经不能下地，每天躺在病床上，输着液，插着呼吸机，但是，依然不改她大气爽朗的态度。

她唱起了《今天天气好晴朗》，后来，我们一起唱着这首歌。这首歌是电视剧《还珠格格》里的插曲，紫薇和小燕子在去断头台的时候唱的就是这首歌，也许，她在鼓励自己，也要像她们一样勇敢。

这是我们最后一次聊天，第二天，她就陷入昏迷，三天后，她去世了。她走得很平静，没有挣扎，没有痛苦，安安静静地躺在床上，似乎在睡梦中停止了心跳。

白小诺最后的日子很平静，也很安宁，她从始至终都没有采取任何会造成疼痛的医疗手段。她一次次地嘱咐她的父母、男朋友、医生和护士，千万不要给她插管，也不要抢救，她想安静地离开。最终，所有人都尊重了她的意愿。

小诺下葬的那天，我站在最后面，轻轻地为她唱起《今天天气好晴朗》。我想，内心充满力量的人，并没有什么事情能够摧毁她。

小诺，我很感激你，感激你让我在你的生命中存在过，让我看到一个重症病人不一样的一面，让我看到人性中的脆弱与璀璨。

你呢，是否到了新的世界，那里是否依然阳光明媚，有大海和沙漠，快乐和悲伤？我相信，你，白小诺，总会把日子过得光彩夺目。

（摘自《读者》2020 年第 17 期）

我答应你

陈明明

一

1993年，29岁的中国政法大学在读研究生薛波在翻看资料时惊奇地发现，我国居然还没有一本适用于自己的《英美法词典》。

泱泱东方大国，缺少这样一部词典，是什么概念呢？简单来说，就是在外交上，我国与执行英美法的国家，如美国和欧洲等国，使用不同的法律概念，根本无法正常交流。就拿19世纪70年代，中美谈判僵化一事来讲，中方与美方，简直是“鸡同鸭讲”，完全不懂英美法的我国外交官，在谈判中根本无法守住一席之地。

当薛波知晓这件事后，汗毛倒竖——他知道，改革开放近15年的中国，已经不可阻挡地与世界接轨，而缺少这一部法律，无异于鸟无双翼而寸步难行！

作为法学界的中青年学者，他非常焦急，立马召集几十名年轻学者进行钻研，为此他们每天工作 16 个小时，苦苦奋战两年。可当他们满怀信心地展示初步成果时，却遭到英美法学者们的一致否定。学者们告诉他们："年轻人，这不是你们的问题，而是英美法教育被中国割断了 30 年，又怎能在一朝一夕间就接上血脉呢？"

当听到这个消息时，他脑袋一下子就蒙了。上哪里找精通英美法研究的学者呢？若找不到，这件事就只能搁浅了。

皇天不负有心人，一次偶然的机会，薛波了解到，原来民国时期东吴大学的一批法学前辈，还生活在上海。

他内心无比激动，要知道，东吴大学是我国许多法学权威的母校。从 1930 年到 1990 年，国际法院曾经出过 6 名中国籍法官，他们均毕业于此。东吴大学更是中国唯一一所系统教授英美法的大学！

1946 年，东京审判用的是英美法程序，蒋介石几乎找遍整个中国，都没有找到懂英美法的人，最终点名去东吴大学要人。结果中国赴远东军事法庭的团队成员，包括法官、检察官、顾问等，几乎都来自该校。

薛波立刻意识到，只有这些学者能帮他们了。

但他也深知，此行可能"成少败多"。毕竟，这些学者曾经被扣上"反革命"的帽子，因为"文革"，被荒废了整整 30 年的青春。如今，再邀请他们为国家做贡献，他们愿意吗？即使愿意，他们的平均年龄也已经 80 多岁了，身体是否允许呢？

二

怀着一颗忐忑的心，薛波来到上海。一开始，他总是碰壁。一些东吴老先生，心里早已布满无法愈合的伤痕。

让薛波十分痛心的一件事是，当他拜访一位东吴老人时，他发现对方已把过去的苦难、专业知识忘得一干二净，“他们越平静，我就越觉得他们可怜，那该是怎样一种力量，才让这些知识分子绝望”。这种无力感，让他十分悲怆。

而拜访卢峻先生，又让薛波的心灵受到震撼。卢峻先生是东吴大学与复旦大学双学位毕业生，1933 年获得哈佛大学法学博士学位，著有《国际私法之理论与实际》一书，曾在国际上享有盛名。

尽管在去之前，薛波已做好功课，这一批老先生可能在过去 30 年间，已受尽生活的折磨。但当他敲开卢老的房门时，还是震惊了：这间房子，大概可以称得上是上海最质朴的民居了——两步就能走完的房间里，最值钱的电器就是巴掌大的电风扇，曾花 12 元钱买的。卢老 90 多岁了，一只眼睛已经失明，鼻梁上挂着用纸糊了一条镜腿的眼镜。他蜷缩在被子里，生病了不敢去医院，连药也买不起。

薛波走上前，心里很不是滋味。没有人能想到，这位连《哈佛法学评论》每期都要寄送样刊的老人，此时面容竟如此苍白。在残酷的生活面前，他的学识根本无人知晓。

思虑了很久，薛波还是提出请求：“卢先生，不管什么原因，世人可能会忘了您。”卢老的一只耳朵有点背了，薛波只能跪在地上说，“但您不仅有精深的学问，还是一个时代学术高峰的象征，请您务必要参加我们的工作！”

卢老的眼睛里泛着泪花。即使在20世纪50年代，东吴大学被勒令整改，“文革”期间，不能在国内接触任何法学知识，他都没有落泪。可这一刻，当听到国家“需要你”的这一刻，他落泪了。他说：“我答应你。”这四个字，明明语气十分微弱，在薛波耳中却掷地有声。仿佛在卢老心中，自己从未被时代辜负，他最大的愿望就是能在风烛残年之际，再为国家做贡献。

和卢老情况类似的，还有被称为“罗马法活词典”的周枏先生。在商务印书馆出版的“百年文库”丛书里，他的排名位于胡适等大家之前。这样一位法学精英，在风华正茂时，突然被下放到青海师范学院图书馆。20年，本可在法学界有进一步造诣的他，只能隐姓埋名。如今，他住在一个破败的两层平房里，一台单门冰箱、一台黑白电视，就是他的全部家当。当听到能重操旧业、发挥价值时，他的眼睛里充满了光。

除了卢老和周老，让薛波记忆深刻的，还有高文彬老人。他是迄今为止仍健在的曾参与1946年“东京审判”的学者，正是他从浩瀚的卷帙中找到两名差点逃离法网的战犯犯罪的证据，立下大功。他本可在法学领域继续深造，却在1952年，因参加过“东京审判”，被定为“反革命”分子，下放到鄱阳湖修大堤。他每天起早贪黑去挑土，完全没有时间搞学术。可即使在那样极端恶劣的条件下，他仍然咬牙坚持，从来没有放弃过阅读学习，每天坚持写英文笔记，直至平反。

1980年，59岁的他，双手布满了老茧，脸上饱经风霜，在承受了原本不该承受的重量后，他终于得以平反。但当有关部门提出可给予资金补偿时，他一口回绝。

可当薛波找到他时，他却把编纂词典的任务，一下子扛在肩上，义不容辞。因为在他心里，可以不原谅过往的历史，却从来没有一刻不热爱自己的祖国！

三

经过 30 余次的走访，薛波终于将散落在华东地区的 14 位老学者找齐了。之后，他们立即投身《英美法词典》的编纂修订工作中。

一开始，薛波很担忧老人们的身体会扛不住，毕竟，他们的平均年龄已高达 84 岁！可老人们忘我的热忱，是他无法想象的。一群耄耋之年的老者，精气神毫不逊色于年轻人。

有一次，仅仅为了审订一个词条，卢峻先生与同僚吵得面红耳赤；卢绳祖先生写下长达 6 页、2000 字的注释，直至脑血管痉挛住院治疗……

在日常的修订工作中，老人们凭着异于常人的毅力，克服了一切困难。

王毓骅先生视力严重弱化，一定要借助自然光看稿，而他简陋的家中没有阳台，因此，他每次都要跑到远居的女儿家审稿。

潘汉典先生把审稿看得比生命还重要，甚至在手术前两天，他挂着尿袋，也要把稿子审完。曾写出《最高法院条例》《刑事罪条例》的蔡晋先生，在接受审订《词典》的任务时，已经身患重病，但他仍然临危受命。没日没夜的工作让他的身体劳累过度，间接导致病情加重。最终，他没等到看一眼出版的《英美法词典》，便溘然离世……

四

整个《英美法词典》的修订过程，历时整整九年，没有鲜花，没有正规部门的支持，没有基本的经济保障，甚至连正规的办公室都没有。可学者们毫不计较，每一部分修订好时，他们都欢欣雀跃，露出开心的笑脸，真的就像小孩子。

是啊，他们如小孩般纯粹。尽管他们知道，这本词典一定会名垂千古，但是几乎没有人提到“署名”二字。卢峻先生直到生命的最后一刻，还叮嘱着：“千万不能署名！我年轻时就这样。”

在这一群被时代辜负的知识分子废寝忘食的努力下，《元照英美法词典》终于出版了，这是中国历史上最大的英汉英美法词典，收录的词条多达 4.5 万个，是日本出版的《英美法词典》词条量的整整 3 倍之多。

这部令人震撼的词典，不仅摆脱了当时的外交窘境，更激励了一代人的心灵。在感动之余，许多人不能理解，他们是如何把时代的苦难一点点磨平，却仍保留着一颗赤子之心？

潘汉典先生的话，也许能给出答案：“不为什么，我就应该干。作为一名比较法教授，中国有这样的事，我当然要去做。”

对这一代的知识分子来说，荣华富贵、安逸稳定，并非他们心之所向。正如卢峻先生的女儿对薛波所言：“谢谢你们！我父亲一生的价值，通过你们得到了实现和认可！”他们最想做的，就是利用丰富的学识，为社会做贡献，为国家做贡献。

（摘自《读者》2020 年第 17 期）

爱、死亡和机器人

张　锐

如果能和已逝的外公对话，俞佳霖想象，其中应该会掺杂着遗憾、爱与泪水。2021年的某一天，这位26岁的图像算法工程师，决定将一个“疯狂的想法”付诸实践——用AI（人工智能）技术将逝者“复活”。这个只存在于计算机中的AI“外公”，将会有着与外公一样的性格、思维、声音，以及相似的面容。

几种已经成熟的AI技术让“相见”成为可能。在他的笔记本电脑上，开源、免费的语言模型学习了外公生前的资料，训练出外公的性格与语气；语音克隆模型合成了外公的声音；“人脸再扮演”技术，把现有模板与外公的声音同步生成视频；而常应用于虚拟主播的“变脸技术”，将模板的脸换成了外公的。

最终，当俞佳霖在电脑上输入一个问题，经过多个模型的计算，一段

AI“外公”的回复视频生成了。俞佳霖想不到几种技术叠加会产生怎样的效果，但是他迫不及待地想要再次与外公“相遇”。

怀着 10 年的思念，他小心翼翼地敲下了第一句话：“猜猜我是谁？”

短暂的几分钟停顿后，电脑屏幕显示了一段视频，接着是来自另一个世界“外公”的声音：“你是谁不重要，生命是一种美丽的奇迹。”

爱

当俞佳霖试图告诉外婆自己的想法，外婆显然无法理解这项人工智能计划。外公是家庭聊天的禁忌，偶然的情况下，家人会短暂地提及外公，但很快就默契地陷入沉默。

外婆有时在屋子的角落里偷偷哭，她把相册放进储物间，外公的信件和诗还摆在他去世前的位置。外婆责怪佳霖在外公去世这么久后，还要看外公的照片，她却清楚地记得照片背后的每一个故事。外公不再是那个严厉、守规则的老人，他年轻过、叛逆过，追求女生时讲着土味情话，给外婆的信琐碎而温柔：“想到了你最爱吃的东西，我带来一些。我期待和你下一次见面。”

外婆从未停止，也从未向他人诉说过这种思念。最后，外婆把资料拿给他，犹豫着，希望佳霖替她问句话：“我们在这边挺好的，你不用担心我们，你在那边过得还好吗？”

俞佳霖后来意识到，自从外公走后，“外公”这个词总会引起家人的伤感。俞佳霖提起外公，会被妈妈以眼神制止。但是，妈妈和姨妈的钱包里都放着外公的照片。

在家庭聚会时，外公的位置被保留了下来，餐桌上总会无意间缺一个位置。外公生前喜欢吃鱼，每每吃鱼的时候，俞佳霖总会想到外公。

俞佳霖搜寻着10年前那些短信、信件与影像。他无意中在手机云盘里找到了外公生前的影像。这个因考试成绩优异而被奖励的手机，记录了俞佳霖初中时外公的录像，外公点评着鱼："这个鱼还是要红烧，80多块钱买来清蒸，味道洁洁淡，没味道。"另一段录像里，他责备俞佳霖："你不要拿手机一直拍来拍去，去帮你阿弟端菜。"

俞佳霖感受到"一瞬间的震撼"，像是作为旁观者，重新经历了那一天，"我是怎么拍我外公的，外公当时有什么反应"。录入这些信息时，面对超过10万字的文本，俞佳霖"努力避免去读这些内容"，"把自己想象成一个录入文本的机器人，只是把这些字放到电脑里"。

当AI"外公"最终完成的时候，俞佳霖对外公的记忆已经复苏。青年时期的文字资料居多，为了更贴近老年阶段的外公，俞佳霖调整了比重。等待他的将是一个未知的答案，他有权力决定是否打开来看。

"即使实现幻想带来的快感只是那么一瞬间，我都愿意。"俞佳霖觉得自己做好了准备，决定"弥补以前的遗憾"。

死　亡

外公走时，俞佳霖正在学校参加期末考试。那是2012年，俞佳霖17岁。

这位"板正"的老人重规矩，做事一丝不苟，却对外孙格外宽容。俞佳霖在外公家度过了难忘的小学和初中。比起父母，外公外婆陪他的时候更多，带着他去各种公园。外公的生活简单，下象棋、写毛笔字、散步，回家看自己喜欢的电视节目。

外公去世前5年就检查出癌症，之后住院治疗，奇迹般康复了。出院后，外公戒烟戒酒，一改往日的习惯，常去西湖边的公园散步、钓鱼。当外公第二次住进医院的时候，俞佳霖以为，他会再次康复出院。

大部分时间，俞佳霖待在寄宿制高中里。直到班主任告诉他，“家里出事了”。除了外公在殡仪馆等待火化的场景，俞佳霖对那一天的记忆不多。他只是看见外公远远地躺在那里，之后，他回到了学校。他一路哭，哭到筋疲力尽。这是他第一次失去亲人，面对死亡，他还没有做好准备。

外公去世后，俞佳霖一度变得不爱讲话。

俞佳霖最大的遗憾是缺席了外公最后的日子，错过了和他交谈的最后的机会。外公去世两年后，俞佳霖出国学习计算机。7年后，他在国外研究生毕业。8年后，他入职一家互联网公司。10年后，他却比任何时候都想念外公。

俞佳霖总会想到一些糟糕的时刻，比如，某个周末在家中打游戏，外公来接他，他却向外公大发脾气。“感觉就像是赎罪一样，当时为什么不能做得再好一点？”

从初次与AI“外公”略显尴尬地见面后，俞佳霖逐渐掌握了聊天方法，他在一次次询问中不断训练AI的回复。随着对话的增多，两个人变得熟悉。他无法预测聊天的动向，语言模型有自己的想法，但是似乎能够观察俞佳霖的情绪。那些熟悉的话题能够得到共鸣，比如去西湖边散步，去下象棋。

“外公，你有没有什么特别想要的东西？”

“我想要花生和啤酒。”

他向外公讲述了10年来的家庭大事件。

“外公，我大学的专业是计算机。”

“计算机有什么好玩的，眼睛玩坏了。”

“阿弟去上海上班了。”

“大城市待遇好呀，他适应吗？”

“他现在在外企，过得很舒服。”

“那太好了，你也带外婆去上海玩吧，好久没带她去玩了。”

俞佳霖向外公表达了自己多年来的懊悔和歉意，对外公说，不应该对你大吼大叫，不应该那样和你讲话。在外公的回复中，俞佳霖得到了原谅。

俞佳霖还分享了一些外公可能感兴趣的内容，把外公生前喜欢的电视剧大结局告诉他。外公最喜欢的一档杭州新闻节目停播了，俞佳霖告诉他这个消息，通用的语言模型一般只会表达“太可惜了”这样的简单情绪，AI“外公”却回忆了当时看这档节目的情形，遗憾“这么好的节目停播了”。

AI始终无法理解死亡。俞佳霖输入了外婆想知道的问题，AI“外公”回答：“我在这边也挺好的，你们要不要过来玩？”“他不能理解死亡，我们无法告诉AI，逝者应该怎样讲话，或者逝者本来就不应该讲话。”俞佳霖说，“我们现在让一个已经过世的人跟我们讲话，只能是逝者生前的对话。”

外公的年龄被冻结在60多岁，永远不再衰老，而外婆已经80多岁了。俞佳霖剪掉了“你们要不要过来玩”这句话，删掉其他可能引起不适的内容后，把视频一起播放给外婆看。外婆看到熟悉的脸庞，变得惊讶和沉默，一段接一段地看下去，结束后，她对俞佳霖说“谢谢”。她听起来有些哽咽，随后走进屋子，再也没有声音。等到外婆再出来，洗菜、做饭，仿佛一切又恢复了正常。

其中一段视频里，有这样的对话：

“你有什么想对外婆说的吗？”

“这么多年没见了，你还爱着我吗？”

机器人

AI“外公”偶尔混乱的回答提醒着俞佳霖，让他的理性渐占上风。俞佳霖坚称自己从未产生“依赖感”，他看得到AI的缺陷，或是“失真”的部分。他告诫自己，不要当真。

为了贴近真正的外公，俞佳霖一个问题接一个问题地询问，不断发现和纠正不好的回答。他知道AI只会响应学习的资料，从数十万文字中总结规律，然后回应俞佳霖的需求。俞佳霖承认，如果重新训练数据，会得到另一个外公，回答的结果也不相同。

俞佳霖的程序寿命持续了两周。在他最初的计划里，这场对话只进行一个短暂的周末，问完想问的问题就会关闭。但是，那个周末的聊天改变了这一点，他开始变得“舍不得”。AI仿佛理解他的悲伤，模仿着外公生前的语音和语气。两周后，俞佳霖删掉了神经网络训练好的参数——AI脑死亡。

所有对话加起来超过了10小时，俞佳霖的提问显得冷静与克制。时间往往过得很快，有时他们会聊一下午，他盯着外公的视频发呆，要缓很久才能反应过来。

最终，俞佳霖决定将这个程序永远封存。除了外婆，其他亲人至今都不知道这件事，俞佳霖不打算告诉他们。

告别是一场仪式，那一天，俞佳霖没有握紧外公的手，目送他离开这个世界，他需要这样一个完整的仪式。

俞佳霖形容这场短暂的相聚是如此“开心而不安”。当他决定删掉参数，真正与外公道别时，他哭了。在这之后，他会想起和享受那个短暂的周末。

“我想做告别，完成一件以前没有完成的事情。”俞佳霖说，他心里住着一个小人，“在那一刻我终于可以和他挥手，满足这个小人的愿望送走他了”。

“外公我得走了，以后估计见不到你啦。”

“我不明白……既然以后见不到，现在多见一会儿呗。”

“程序关闭。”

（摘自《读者》2022 年第 16 期）

御寒袍

段奇清

1924年冬日的一天，熊庆来将身上的皮袍脱了下来，交到妻子姜菊缘手中，说：“你赶紧去典当铺一趟，把它当了。”妻子疑惑：“家中还有点钱，只要精打细算，节约一点，还可以维持几天。”正说着，窗外刮进一阵风，熊庆来不禁打了一个寒战。妻子说：“天这么冷，你只有这件袍子，还得靠它御寒呢。”熊庆来说：“再过两三天学校就会发工资，那时我们就能把它赎回来。”

原来，严济慈1923年从南京高等师范学校毕业后，因成绩特别优异，在爱才惜才的老师熊庆来等三人的资助下去法国巴黎大学深造。那天又是熊庆来给严济慈寄钱的日子，可经济一时困难的学校没能按时发工资。得知原因，姜菊缘心疼熊庆来，也担心严济慈在国外挨饿，于是眼泪汪汪地拿着皮袍去了典当铺。

虽说熊庆来典当了自己唯一的皮袍，身体忍受了几天的寒冷，可一想到身在法国的严济慈能够不因生活而影响学习，心中就暖暖的。

严济慈不负老师的期望，抗日战争爆发后，身在巴黎的他积极开展抗日宣传。回国途中，他在接受《里昂进步报》记者采访时，再次对日寇的侵略行径进行了强烈谴责，致使他和家人都遭到日本特务的监视。他一时无法回到北京，便从香港绕道去了昆明，因没有工作，生活十分窘迫。此时，熊庆来正担任云南大学校长，于是介绍严济慈夫人张宗英到学校图书馆工作，严济慈一家人的温饱才有了保障。

老师的帮助与关怀，严济慈一刻也没忘怀，他始终记着恩师那件御寒袍。在法国留学时，他将老师的帮助化作求知的动力——因他在数学、物理等领域取得的优异成绩与杰出表现，法国开始承认中国大学的文凭。

此后，严济慈时刻关心着恩师的冷暖。“文革”期间，熊庆来蒙受冤屈，很多人怕受牵连避而远之，严济慈却常去看望恩师。

有人对严济慈说：“你总去熊庆来家，不怕有人说你们师生串通一气吗？”严济慈义正词严、掷地有声地说：“我只知道老师是对国家有巨大贡献的数学泰斗，而且他对我恩重如山。”

1969 年 2 月 3 日，熊庆来与世长辞。严济慈悲痛万分，在恩师遗体前泪如雨下。此后，严济慈常去探望师母，提供力所能及的帮助。

作为我国现代物理学研究工作的创始人之一、光学研究和光学仪器研制工作的奠基人之一，严济慈被徐悲鸿誉为“科学之光”，物理学家潘建伟院士也称赞他是知识分子的典范。

师生之情如一件御寒袍，正是这件袍，让师生之情似阳光一样，给世人的心灵穿上了温暖无限的袍。

（摘自《读者》2022 年第 14 期）

虚室生白

林采宜

翻阅《庄子》，读到“瞻彼阕者，虚室生白，吉祥止止”，忽然联想到时下很流行的一句话：“所有过往，皆为序章。”

喜欢这句话的人，大概已经有了入秋的心境。

如果生命可以用四季来比喻，那么春天如同爱情，新鲜得像刚滴下来的血珠，有青春的热度，也有伤口的疼痛，爱和疼痛，都在心里生长。而秋天更像智慧，练达的微笑后面，隐藏着一双洞悉世情的眼睛。

春天多梦，秋日多风。

秋天的风是有点冷的，但穿行于金色的阳光下，你感觉不到冷。金色笼罩了一切，让世界看起来似乎很温暖。

林语堂说：“人生在世，还不是有时笑笑人家，有时给人家笑笑。”能说出此言的他浑身上下都是秋的味道，连自嘲都带着金色的圆润。“笑笑人家”是年轻时的轻浅，才站在第一级台阶上，便以为已见天光，所以动不动就“笑笑人家”。懂得自己是“有时给人家笑笑”的谈资笑料，才是阅尽人情世故之后的通透。

青葱年华，总是明里暗里期待着灵魂伴侣，以为世界上总有一个懂你的人从遥远或者不远的地方向你走来。碾过盛夏的繁华，蓦然发现，你的灵魂才是自己真正的终身伴侣。

什么旷世才情，什么一见倾心，都是荷尔蒙升起的烟花，可以想想，但不必当真。

年轻时不愿割舍的东西，此时都如一阵轻风。

入秋的生命是在岁月里风干的花草，一半圆熟，一半肃杀。无论圆熟还是肃杀，通常都没有割舍的疼痛，因为“割舍”之痛，生于青葱，藏于依恋，而干花没有缠绵也没有依恋，只有不会凋谢的恒常之美。

十七岁那年，眼眸里开着桃花，我问大姐：“你的理想是什么？”她说：“加一级工资。”当时，我心里特别鄙夷：“理想”这么灿烂的字眼，居然和“加一级工资”这种俗事画等号。

如今，我对“幸福”的定义居然是：温暖的斜阳下，端起书桌上那杯热气腾腾的白咖啡，抿一口，味道香甜。

成长，是学习的过程，少年学艺，在“术”上拼精湛；中年学理，在“道”上比高低。

落叶随风，都以为是丧失的时节，殊不知，生命在超脱之后，已经从一种形式的存在转换成另一种。

死的背后，是另一种生。

这就是虚室生白。空，而后道生。

（摘自《读者》2022年第16期）

背着父亲上大学

王耳朵先生

2005年，武汉大学，珞珈山附近一栋破旧的公寓。

在那个万家欢乐的冬夜，一个年轻的女孩，蜗居在一个面积只有10平方米的楼道隔间，没日没夜地照料着病榻上的父亲。

虽然身心俱疲，可她的眉宇间始终有一抹坚毅之色。

2004年，女孩以优异的成绩，从广西合浦考入武汉大学。

没想到这份喜悦还没有延续到被录取后的第二个春节，她的父亲就因为突发脑出血，偏瘫不起。

父女俩相依为命，女孩不可能扔下父亲不管。眼瞅着马上就要开学，于是，女孩决定带着瘫痪的父亲上大学。

一年后，女孩的事迹被《新闻联播》报道，《人民日报》也刊登了她的故事。

她就是黄来女。

1

1989年，黄来女年仅4岁时，母亲便因不堪生活的压力离家出走，自此杳无音信。不久，父亲临时工作的县文工团也解散了。

万般无奈之下，父亲只能带着年幼的女儿四处打工。

他们去海边挖过海螺，也推着装糕点的三轮车钻过偏远的山村……

因为颠沛流离，生活艰辛，黄来女读小学时曾两度辍学，只上到三年级。

对很多人来说，这样的童年应该是灰色的，可黄来女永远忘不了，父亲在煤油灯下，一字一句教自己读书的面容。

几年后，父女俩返回老家，黄来女直接升入五年级，并以全镇第一的成绩考上了初中。后来，她更是一路逆袭。因为成绩优异，她读高中时学费全免；高考时，她又在千军万马中闯过独木桥，考上武汉大学。

2

灾难来得很突然。

起初，父亲来武汉打工，打算和黄来女一起过年。谁知一天傍晚，父亲摔倒在地后呕吐不止。被紧急送往医院后，父亲被诊断为脑出血，医院当时还下了病危通知书。

因为抢救及时，父亲总算熬过这场危机。但父亲不仅右半边的身子瘫痪，而且丧失了神志，无法开口说话，甚至连自己的女儿都不认识了。

父亲的病治疗周期很长，生活的重担一下子全压在黄来女的肩上。于是，她拼命地去做兼职。

为了方便照顾父亲，黄来女在学校附近租了一间很小的隔间。

那些日子，她每天早上 6 点起床，准备早餐、帮父亲洗漱、给父亲打针喂药。

中午下课，她还要赶回去做午饭，给父亲熬药。

此外，黄来女把自己每天的伙食费严格控制在 10 元以内。

为了让父亲更好地恢复，她还自学了基本的按摩手法。

之后，在黄来女的悉心照料下，父亲渐渐康复。

“我觉得无论如何都不能放弃，这是儿女应该做的，何况爸爸为我付出了这么多。世上最悲哀的事情是‘子欲养而亲不待’，我绝对不会让这样的事情发生。”黄来女说。

3

黄来女说过一句话：“世界上最美丽的地方是学校，世界上最幸福的事是可以上大学。”

即使在照顾父亲的日子里，黄来女也没有耽误自己的学业。

你可以看到她在深夜昏黄的灯光下，翻开书本；也能看到病床前，她一边守着父亲，一边学习的身影。

黄来女的学习成绩十分优秀，年年名列前茅，多次赢得奖学金。本科毕业前，她拿到保研名额，被录取为武汉大学计算机学院的硕士研究生。

再往后，我们一起见证了黄来女的精彩。她被评为“2006 中国大学生十大年度人物”；2007 年，她获得“全国道德模范”荣誉称号。

不过比起这些光彩夺目的荣誉，我更想和大家分享黄来女“成名”后的两件小事。

第一件，是有一次，《人民日报》的记者去采访黄来女。在那间简陋至极的小隔间里，记者发现墙上贴着几张贴画，床前的茶几上放着小小的塑料花。虽然一张病床占据了房间绝大多数地方，剩下的空间却被女孩打理得温馨、自在。

记者问她什么是幸福，女孩轻轻笑道：“生活中总有一些美好的事物。太阳下山的时候，自己可以回家，而不是去医院，那就是幸福的。”

能在最艰难的日子里，保持一抹温柔、一丝细腻，这样的人，总能把苦日子活出头。

第二件，是黄来女背着父亲上学的故事初登报刊时，一位匿名读者，通过新闻媒体给她捐了 500 元。

而彼时全院同学已先后 3 次自发地给她捐了 3 万多元，并且学校也为她提供了勤工俭学的岗位。

在撑过最困难的那段时间后，她基本谢绝了社会上的捐款。而这 500 元是匿名捐赠，她找不到那位爱心人士，便将钱转捐给了学院的另一名贫困生。

人间有时很苦，但若能心怀感恩，照亮彼此，生活便多了一丝甜味。

4

2009 年，黄来女从武汉大学毕业，获得硕士学位。

自此，她便鲜少出现在公众的视野。直到后来有媒体报道，我们才知道她已经在广州打拼多年。

当年，武汉大学曾有意推荐她留校，但她思考之后还是选择了奔赴远方。

“留在武汉，我可能永远只是那个孝老爱亲的黄来女，其实人生还有很多种可能性。”

毕业时，她特意揭下了宿舍墙上的那幅“励志青春——全国大学生先进事迹报告会”的海报，带着父亲，踏上了新的征途。

后来，她进入一家知名公司，那里很少有人知道“黄来女”这个名字。

“大家做什么，我就做什么。拉材料、添加物料、修理器械，虽然累，但我感到很充实、很快乐。”黄来女说。

默默耕耘，等到再次见诸报端时，黄来女已经成为公司的管理人员，在大城市站稳了脚跟。

5

黄来女的故事给了我们一个非常关键的启示：这个世界有太多事情是我们无法控制的，但正因为如此，我们才更需要好好读书、好好生活。

因为这两件事，是我们人生中少有的只要付出就会有回报的事情。

黄来女在《灾难并不是生活的全部》中说：“我脸上常常挂着微笑。我并不觉得经历了生活的磨难，就一定要有刻满沧桑印记的脸庞和看透世态的心境。即便是在最艰难的日子里，也会有美好的东西存在，有值得开心的事情降临。当灾难不可避免地来临时，既然哭不能解决问题，那为什么不笑呢？我一直相信，灾难并不是生活的全部，最难的时候总会过去。”

（摘自《读者》2022 年第 19 期）

先生老胡

董改正

下岗失业那几年，我在淮河北路的超市门口摆了一个书摊。我跟老胡就是那时候认识的。

跟别的书摊相比，我的摊前一直都是冷清的，虽然我的市口最好：超市正对门，自带流量，摊前正好有一盏路灯。但我卖的是出版社的清仓货，要么是文史哲类，要么是古今名著，一本正经得就像我的着装和表情。更重要的是，我的服务态度——我是拿着进货单卖书的，进价加百分之二十，少一块钱也不行，态度高冷。

那个夏夜，我的摊前冷清如故，只有一个身材高大、背微驼、行动迟缓、头发花白的六十多岁老人蹲在那儿看书。而隔壁小罗的摊前，已经人头攒动，有读者便拿着书来到我的摊前，就着街灯翻阅。小罗睥睨四顾，大声让那人过去，怕他拿走了。有人便看着我的书摊问小罗，怎么不给我一笔转让费，把地儿腾出来，“反正他那儿也没生意”。小罗睃了我一眼，意味深长地笑笑。

老人已经看了两个小时，除了偶尔换下承重的脚跟，他几乎一动不动地翻阅。看过的书一本本地摞起来，摞了颇为壮观的六堆。我扫一眼，笑笑。这样的顾客我见得多了，往往摞得越多，买的可能性越小。

“老板，过来帮我算算多少钱。”老人站起来，腼腆地说。一口浓重的上海郊区口音，若不是对话场景明确，我可能根本听不懂。

我加码洋，算折扣，报价格。他听后思量半晌，才疑惑地复述了一下我的话，只不过将我句末的句号改成了问号。我心知肚明，微笑着对他点点头，重新坐下，没有给他拿袋子装书。

他掏钱，十二张百元大钞，递给我，依然腼腆着说：“剩下十几块钱就别找了。”我有片刻的恍惚，不敢相信这是真的。

这个老人便是老胡。

自那之后，老胡成了我的忘年交。他每天或黄昏，或晚上，不论冬夏，一定会来我的摊子上看看，每次来至少买一本书。有一次他看了半天，选了一本《西游记》，我记得他已为孙女买过了，便提醒他。他笑着摆手，说：“没关系，再买一本。”我没有卖给他，他就像一个下棋让子太明显的对手，我虽然感激，但不好受，心里却愈加尊重他。

老胡带动了我的生意，慢慢地，人们相信了我手里的进货单，也理解了我卖书的方式，我的摊前虽然看客依然很少，但成交量开始比小罗的大了。小罗见状，便也淘了同类的书。有一天下午，老胡刚从我的摊子上起身，小罗便殷勤招呼，老胡迟疑半天，还是过去了，买了三堆，七八百元。买好后，他便从小罗那边悄悄走了。说实话，我有些难过，不仅仅是因为生意，还有遭遇“背叛”的伤心。毕竟老胡也知道，我和小罗吵过架。

真正让我们尽释前嫌的是那个大雨骤降的傍晚，当时我进了新书，老胡正在我摊子上翻看，大雨便在此时毫无征兆地灌下来。我慌忙拿雨布盖好书，但地上很快积水，如不迅速收到三轮车里，所有书籍都将报废。三轮车上搭着一块布，摊子上搭着一块，收书入车有六道程序：弯腰掀布，搬书，再盖好，掀三轮车布，放入，盖好。我已经绝望，欲哭无泪。

老胡没有离开。他钻进我摊上的盖布下，膝行，将书摞起，由边沿移至书摊中间，然后站起来，快步跑进雨中，搬来几块石头压住盖布的三角，再钻进去，头顶着脏兮兮的盖布，双手抓着盖布边沿，大声喊着手忙脚乱的我快将车推进盖布。

那天，所有书摊都损失惨重，而我的摊子毫发无损。

自那以后，老胡依然偶尔会去小罗那边买书，会拿过来，坐在我特意为他准备的凳子上，翻给我看，说买它的原因。

老胡拎着一袋书坐在我的摊子前，或缓缓往回走去的情景，是淮河北路夜市标志性的背景。不论是坐着，或是行着，都会有书友跟他打招呼。

"胡老师，又买书呢？"

他笑着，停下来，打开袋子，问的人便笑眯眯地伸头过去看。

"胡校长，又买书啊，家里放不下了吧？"

他便腼腆地笑，说是放不下了。

"胡老，不能再买了，老伴儿又得跟你吵！"

他依然是笑，说"没事没事"。

有一天，汪老师目送他走了，叹息道："一辈子爱买书，爱看书。那次我们去上海开会，雨过天晴，他到书店里看书，害得大伙儿等他半天。"

"他乡音改不掉，说话学生听不懂，一肚子学问派不上用场，就调到干部学校当副校长了，专门做研究，也是得其所哉了。”

朱老师也叹息：“他的心思都在书里。夫妻感情一般，儿子工作的事儿他也没上心，现在在一家小饭店做厨师。”

李老师冷嘲道：“买那么多书有什么用？三辈子也看不完！他要是死了，他儿子准一股脑儿当破烂卖了！我是再也不会买一本书了，再买我就是孙子！”结果，他还是买了一本。

我听得心酸。我知道老胡有许多缺点，但他真诚，他坦荡，他也许并不能察觉到他在现实中的失败。既然察觉不到，那么不就是幸福的吗？

老胡消失一个星期后，我才知道他得了肝癌。我去医院看他，他强撑着要坐起来，局促不安，他不习惯被关注、被呵护。一个月后，他出院了，休养一阵子又出来买书，只是行走得更慢了，脚步更虚浮了，脸上长出了大块的老人斑。我心里隐隐不安，怕他有事。他看出我的心思，笑着说手术很成功。我只能在心里默默祝福，连在汪老师处求证实情都不敢。

时间慢了下来，秋天过去了，初冬开始了。霜降之后，风陡然烈了，路旁的法国梧桐开始哗哗地落叶。我连续三天没见老胡的身影，开始坐立不安起来。

噩耗还是来了，老胡走了。我去的时候，是他儿子接待的我，他知道我，他的父亲不止一次跟他说起过我。他默默地领我走进他父亲的房间，我坐在空空的床板上，心里钝钝地痛。世上再也没有老胡了。我的眼前，不断闪现他的样子，他缓缓地行走，他腼腆的微笑，他笨拙的声音……尤其忘不掉他头顶盖布的情景：大雨灌注，花白的头发被淋得如同肮脏的拖把，他不断地眨着眼睛；他浑身湿透，泥土糊满的衣服紧贴着身子——平素，他虽然局促，却一直那么庄严；他虽然随意，却一直那么整肃。但是那天，他那么狼狈，那么不体面。

再去摆摊的时候，我听见有人笑着跟我说："小董，老胡走了，你损失大了。"虽然太阳暖洋洋的，我依然觉得冷彻心扉。

我让出了那块地儿，不再摆摊。

我知道一定会有人说："老胡死了，损失最大的是小董。他干不下去了。"

起初我不知道有老胡，孤寂都可以是骄傲的；后来我遇见了，孤寂便不可忍受。这条路上，老胡再也不会出现了，我又何必守着呢？

老胡如果知道这事，他一定会局促不安。他不习惯被突出，不习惯被关注、被过分尊敬，但是他一定会欣慰。他是懂我的，正如我懂他一样。

（摘自《读者》2020年第21期）

然后呢

杨 葵

十几年前，我在北京参与一座寺庙的修缮工作。寺庙是文物保护单位，所以监管严格，规矩很多，比如修旧如旧，大殿要有如法的佛像。

佛像是一定要“装藏”的，就是在正式安置时通过佛像背后预留的小口，由具德高僧把经卷、珠宝、五谷等放入，再封上。

他们请到一位持戒、实修都久负盛名的高僧来主持装藏，我侍立一旁，为他服务。装藏有一整套仪轨，高僧会有如法念经等一系列操作，大约需要两个小时。

仪式开始，高僧和同伴浑厚的念经声在大殿响起，气氛庄重。不一会儿，高僧侧过脸吩咐我：“清水不够，再要一盆。”我如离弦之箭，跑到前院接了一盆清水。高僧接过，放在面前，又说：“还需要一些米，一碗即可。”我又迅速跑到前院的厨房，盛了一碗米。高僧接过，放在面前，又说："再取一些面粉，也是一碗。"

从大殿到前院有一百多米，那天我跑了七八趟。步伐从起初的如离弦之箭一般，到后来的拖拖沓沓；心情从新鲜雀跃，到后来满腹牢骚。但我不好发作，只得隐忍。高僧倒是始终如一，下每一道指令时，语气都平和而坚定，不容置疑。

装藏仪式结束已是中午。我与高僧共进午餐，院里现摘几棵青菜素炒，还有一碗手擀清汤面。高僧专注于吃，一言不发。吃完放下碗筷，他笑眯眯地问："刚才装藏的时候，你对我意见很大吧？"

虽然已经过去一个多小时了，但不满仍堆积在我心间。我本不打算说出来，既然他问了，也就毫不客气地脱口而出："是啊，我觉得您的工作效率有问题。"高僧问："什么意思呢？"我打开话匣子："装藏这件事，是您今天的工作。我在一旁服务，是我的工作。需要什么物品，我去取，这没问题，但是，您可以一次性吩咐完，我一次性取来，这样可以少跑好多趟，也会节约很多时间。可是您呢，一会儿要一样，一会儿要一样，反反复复，这就是没有效率的表现。"

高僧没有感到一丝意外，也没笑，反而探身过来，故作神秘地神情一凛，压低嗓音问："然后呢？节约出时间做什么？"我答："可以去读几页书啊，哪怕做几个大礼拜都可以。"高僧问："读什么书？"我答："佛教经典。"高僧说："就是学佛喽？念经重复不重复呢？大礼拜？不也是一会儿一个，一会儿一个，不重复吗？"说完这句，高僧乐得像刚成功地捉弄了一个小伙伴。

从那天起，我对效率有了新的认识、新的体会。

绝大多数人，从小到老，始终默认高效率就是花费更短的时间做更多的事。"一寸光阴一寸金，寸金难买寸光阴"，这是我们儿时就铭刻在心的话。这个说法一点儿问题都没有，但是，然后呢？节约出时间做什么？人们默认的是：做事，做有意义的事，不浪费生命。可是，问题来了，什么事是有意义的呢？答案必定千差万别，有人觉得事业成功是有意义的，有人觉得清静无为是有意义的，有人觉得健康长寿最有意义，有人觉得如火柴一样，只要发光发热，生命短暂也在所不惜……举个当下最常见的例子，有人觉得天天去健身房，或者爬遍世界名山意义非凡；有人觉得那纯属浪费时间，不如辛勤工作，多挣点儿钱以改善家庭生活。

最近听到许多人说，手机真不是个好东西，每天在手机上看很多短视频，太浪费生命，都想戒手机。我就会问一句："戒了手机挺好啊，但是，然后呢？"回答千差万别，意思却相近，无非好好工作，好好读书，好好健身，好好创业，诸如此类。

继续追问一句："再然后呢？"答曰，然后就能实现自我价值，让这一生更快乐、更幸福。是啊，如果说大家有终极目标，可能就是这句话。天天看手机，就是因为它能带来快乐、带来幸福，不然，为什么老看？问题在于，这种快乐和幸福比较短暂，不能持久。很多人都有这样的体会：不知不觉就在手机上刷了一天短视频，看的时候有滋有味挺快乐，看完很空虚。依我看，出现这种现象有两个原因：一个是，文化的基因令我们对耽迷于手机短视频有负罪感；另一个是，那些手机短视频提供的快乐也确实浅薄，无法令我们内心丰盈。

书是媒介，手机是媒介，事业也是媒介，关键在于这些媒介如何影响我们的内心。令人心绪散乱的内容、行为，都会让我们有点儿不安；反之，令人一心专注的内容、行为，都会让我们的喜悦之情绵绵不绝。不安和喜悦都自带滚雪球气质，越不安就越不安，越喜悦就越喜悦。

所以，说效率，说专注，好像都是在说"戒"，都想着戒这个戒那个。

追问一句“然后呢”，会发现“戒”只是手段，再往前走一步就是“定”。说到这里，好像又是老生常谈，人人都知道，还可以继续追问“然后呢”，答案就是“慧”。这是后话，千万别因此就停在这里不追问了，先回到“戒”，塌下心来开始做。

（摘自《读者》2022 年第 19 期）

无弦之琴

陈建明

初夏的阳光正好，我被彦一身上的文艺气息深深吸引。我最喜欢他弹吉他，彦一说他学吉他是从上中师那会儿开始的。他家生活十分清苦，但他还是从家里给的有限生活费里省出七百元买了一把电音民谣两用吉他，外加一本厚厚的吉他教程。他开始自学吉他，花了一年时间练到了能自弹自唱的程度。

彦一总说，学弹吉他是一件很简单的事情。听得多了，我忽然也起了好学之心。我像个孩子般不依不饶提出要他教我弹吉他。彦一眼里火花一闪，连说“孺子可教也”。一高兴，彦一说他有把称手的好吉他，虽然年代久远了点，但好用，可以拿来给我练手。我笑吟吟地说：“那好呀！”

于是，那把旧吉他和一本泛黄的曲谱辗转到了我手里。

彦一是个有心之人。这把旧吉他用了多年，它虽旧，音色未改，就连曾经用过的拨片都完好无损。彦一细心地替我调好了音。果然，它比我从网上买的好用多了，弹起来轻轻松松，一点也不伤手。尤其让我开心的是，摸着它，就好似隔空触碰到了十八九岁的青春少年。在那个时空里，少年刚放下手里的吉他，我便隔着时空轻抚在琴弦之上。

吉他拿到手了，我激动得无法自抑，十个指头像不听指挥的士兵，慌里慌张地滑过琴弦，始终找不准手指该在的位置，按住这根弦，那根弦又松了。彦一忍着笑，将那慌慌张张的十指一个一个摆好。我忍不住偷偷抬头望他，短短的寸头里隐约可见的银丝根根竖立，如此倔强，像极了它们的主人，认真而坚毅。

虽然我这个学生很笨，但胜在师父很专业。老师教得认真，学生也只好收起那些小心思，认认真真地学习。我居然很快掌握了辨认琴弦和品格，并且能够准确地拨出几个音了。

“今天到此结束，回去后好好练习单音，把手练熟。”彦一认真地布置作业，结束了第一节课。我长长地吐了口气，额头沁出几颗汗珠来。

一回家，我便迫不及待地拿出吉他，坐在黄昏的窗前一板一眼地练了起来。练了一会儿，还是感觉如堕五里雾中。虽然懵懵懂懂，却好似回到了十几岁的学生时代，稍有点进步便心中狂喜，快乐得想要飞起来。

学会了单弦音之后，我的进展愈发缓慢，那些变化多端的和弦常常在我脑海里乱作一团。我有些懊恼，彦一却并不着急。其实，相比自己弹，我更喜欢听彦一边弹边唱。听得痴迷时，我不禁也手痒痒了，也不管还只练了个 C 和弦，便嚷嚷着要学曲子。

彦一翻开曲谱，给我精心挑了一首《军港之夜》。我不禁嘟嘴，这歌也太老了。但彦一说，他就是从这首曲子练习起的。于是，我嘟囔了几句，开始照着曲谱学了起来。我心想，等练熟了所有和弦，一定要弹个时下最流行的《平凡之路》给他听听。

大概练了两周，我向彦一抱怨，这个过门太难弹了，很是艰涩难懂。彦一拿过吉他，把过门一路行云流水地弹了下来。我愣是没有看明白他的手指是如何移动的。于是，彦一又花了很久的时间向我一个音节一个音节地示范了这个前奏的弹法。终于，在练习了三周后，我学会了人生当中第一支完整的吉他曲《军港之夜》。

由此，我开始进入随心所欲的弹奏阶段，彦一也不再时时刻刻指点我。我的第二支曲子是从网上下载的 C 和弦的《平凡之路》。这是我心仪已久的一首曲子，唯一麻烦的是后半部分都是扫弦。扫弦看似很酷，对我来说，却很难把握节奏。

望着我一脸挫败的样子，彦一笑着让我慢慢练习。他说我才弹了短短两个月，就想要一口吃成个大胖子。令我挫败的是，我的乐理知识太过薄弱，时间于我而言又是如此宝贵，我怎能不心急。

于是，每天黄昏，我家窗下的过路之人总能听到阵阵琴声，有时如枯泉呜咽，有时欢快活泼，有时又如霹雳惊雷全无章法。我弹来弹去，总是那两首曲子。日日从这里经过之人一定会驻足，感叹弹琴之人的执着，猜想窗帘后面是怎样一个勤学的少年。他们绝对想不到，在厚厚的窗帘后面苦苦练习的是一个美好年华即将逝去的中年人。

从春天到夏天，我学会了吉他的基本弹奏方法，弹熟了两首 C 和弦的曲子。我设想着，照这样下去，一年后，我就可以和彦一一起弹唱了。彦一知道我到了学吉他的瓶颈期，除非自行突破，他也没什么可以传授的了。每次的午间约会，也变成了两个人的岁月静好，那把吉他倒是显得有些落寞了。

欢乐的日子总是飞快地溜走，记得那些春末初夏的午后，我们常常困得眼睛都睁不开了，却打起精神，强撑着不肯歇息，生怕一闭上眼，属于我们的这一生就逝去了。我无比珍惜这些中年世故里难得的情谊，不问世事，不带功利，仅仅源于一颗恒星与另一颗恒星之间的吸引，以及在交会时那互放的光芒。

假如时间能够静止该多好啊！如果真是这样，我想，终有一天，我会实现自己的音乐梦想；终有一天，我会与彦一在某处比肩。可世事不由人意，该来的它总是会来。三个月后，我的学琴之路便戛然而止。

彦一破天荒地给我写了一封长长的信，也是最后一封信。彦一是个善良之人，这封信他不知花了多少时间，才在深夜里逐字逐句反复推敲而成。终于写好了，他又犹豫许久，才发给我。我知道，天下没有不散的筵席，属于我们的美好时光终于画上了句号。我流着泪接受了这个结局，将他珍藏了二十年之久的旧吉他和曲谱原样奉还。

我曾是如此地喜爱这把吉他。我无数次抚摸着它，就仿佛看到十八岁的彦一，那个青春洋溢的男孩。我知道，这把吉他对他来说意义非凡，同样，对我来说又何尝不是珍贵万分。

好在我还有一把琴，一把能让手指变得鲜血淋漓的新琴。每到黄昏之时，我还是会坐在窗前，用尽所有力气拨弄琴弦。

“不要弹，伤手。”那个声音仿佛仍在耳边响起。愈是如此，我愈是用力弹着，仿佛要用疼痛来惩罚自己，仿佛要用眼泪与鲜血来祭奠失而复得又得而复失的青春梦想。

新琴弦距太高，手痛得无法再弹，我终于忍不住弃了琴，从此再不摸琴。这一生，或许我只需要弹好一首曲子，或许只要有一个人听过我的琴声就够了。在那些瓦檐滴雨的夜晚，我总能听到它在一场旧梦里弹奏。

大自然的无弦之琴，透过斑驳的岁月，在我的心中奏响，而这相同的节奏，亦会在另一颗心上久久震颤。

（摘自《读者》2022 年第 14 期）

别把人生过成了刻舟求剑

张　恒

背着老婆，我偶尔会想一想英国作家大卫·诺布斯创作的雷吉·佩林的故事——他原本在一家餐厅做着重复、卑贱又无聊的工作，有一天，他把行李丢在一个沙滩上，伪造了自己的死亡。从此，这个世界上不再有雷吉·佩林这个男人。经历了一系列事情后，他伪装成一个叫马丁的男人，回到了原来的生活。他娶了自己的“遗孀”，住进原来的家里，还回到原来的餐厅，取代“死亡”的自己，继续干起了重复、卑贱又无聊的工作。

看起来，一切都没有变，只是经过了一场荒诞的循环。可如果来一场刨根问底、哲学式的思辨，则会发现，还是有一些变化：他用一场死亡反抗了生活带给他的庸常，然后又自己选择了庸常的生活。二者之间，有一个明显的不同——自主选择。

大卫·诺布斯用一个极端的设定，讲述了一个男人追求自由的故事。没有人能够规划他的人生，除了他自己；也没有人能够把他限定在某一个轨道上，除非他自己愿意。英国哲学家、美学家沙夫茨伯里说，人不应该是一只被紧紧拴住的老虎，也不应该是一只不断遭到鞭子训诫的猴子；康德也说，人之所以为人，只是因为他能够做出选择。雷吉·佩林，或者应该叫他马丁，就是用这种荒诞，宣告了他才是自己的主人。

我不断想象这个颇有点浪漫主义味道的故事，并非妄想反抗我在自己家中的地位，也不是因为工作的卑贱和无聊，而是经常感受到来自外界的束缚。那天看羽生结弦的退役新闻发布会，他说，“羽生结弦”是自己的包袱。

我们又何尝不是。我们的姓名，我们身上的标签，我们的身份，给了我们太多束缚。“你应该”就是一道紧箍咒。作为羽生结弦，就应该保持第一，否则，别说他的粉丝，他自己可能都不会答应。可那天看完他的发布会后，我掐指一算，忽然意识到，他才 27 岁。太可怕了，这意味着，接下来他的人生有着无数种可能性。当然，这个事情可以分两面看，也可以说，他的未来有着巨大的不确定性。人们经常会觉得，可能性如此迷人；却又觉得，不确定性如此讨厌。人生，就是如此矛盾。我们都活在一体两面的痛苦中。

我不愿去评判他人的人生，内视自己，面对不确定的生活、意外的情况时，我也会焦虑痛苦。每遇大事有静气，那是一种理想的状态。不过，理想才是值得我们追求的东西。因此，在充满不确定性的当下，我又开始读苏轼，读他的词。

这期间，又是掐指一算，写此文时是苏轼在黄州沙湖遭遇暴风雨，被浇成落汤鸡 940 周年。为此，他写了那首传颂千古的词，《定风波·莫听穿林打叶声》，序言写道：“沙湖道中遇雨。雨具先去，同行皆狼狈，余独不觉。”人生诸多不确定，就是那一场场突如其来的风雨。越是在这不确定的时代，越是要不断重复，不断提醒自己，别把自己的人生过成刻舟求剑的故事——试图让人生固定在一个地方，既不现实，也不可能。

苏轼一生，颠沛流离，跌宕起伏，可他从未丢失内心的自由。用无所谓的态度去对抗风雨，正如羽生结弦用退役来对抗年龄、姓名带给自己的束缚，雷吉·佩林用人生重启来对抗庸常。到最后，回首向来萧瑟处，也无风雨也无晴。

（摘自《读者》2023年第2期）

素心人的坚守

曾　锴

钱锺书曾经说：“大抵学问是荒江野老屋中二三素心人商量培养之事，朝市之显学必成俗学。”

要成为大师口中荒江野老屋中的素心人，真的需要相当的魄力和资本。

当我读博士一年级的时候，绝不会想到，我们那笑容可掬的导师是一个不折不扣的“电影狂魔”。无论刮风下雨，他每周都要让大家去参加课外活动——到放映厅欣赏一部由他精选的电影。在我多年的留学生涯中，这可算是一段奇妙的经历。

穿过各种走廊和通道，坐电梯降到地下室，颇有一种特工前往秘密基地参加会议的感觉。大家在人来人往的走廊上挑一个不起眼的地方集合等待，热情寒暄。终于，教工来了，夸张地掏出一大串钥匙，试了半天才捅开一扇蓝色的铁门，里面竟别有洞天——巨大的帷幕，舒适的沙发，要是再添几个卖可乐和爆米花的小贩，俨然就成了一座高级影院。

老师打个响指，长臂一挥，潇洒地把碟片递给楼上的放映员调整、准备，然后就靠在前排座位上，滔滔不绝地向我们介绍关于这部作品的时代背景、导演、演员、剧情、精彩看点等。他的选材非常广泛，不仅有新片，还有20世纪30年代的老片，甚至默片；不仅有外国大片，还有很多中国导演甚至冷门导演的作品。

他的观影介绍也非常专业，不是拿着影片简介照本宣科，也完全不同于一般的娱乐或商业化宣传，所以常常会刷新我们肤浅的认识。比如，看《巴尔扎克与小裁缝》时，他会告诉我们，剧情有古希腊皮格马利翁故事的影子；看《谍网迷魂》时，他会向我们解释刻板印象如何被政治操纵摆布，再通过媒体宣传演变为偏见甚至歧视；看《红气球》时，他会让我们去联想每一帧画面中所表达的隐喻；看《母亲》时，他会联想到埃德加·莫兰的复杂性研究和巴赫金的“狂欢”理论。

最开始，不少人都是为了混学分才勉为其难地前往的，因为如此专业的电影鉴赏和讨论，如同阳春白雪，自然曲高和寡，有时还和大家的专业研究领域毫不相干。

就这样，日复一日，一群一说到电影就想到消遣娱乐，就只知道莱昂纳多·迪卡普里奥、威尔·史密斯、汤姆·克鲁斯等明星大腕的外行粉丝，也渐渐认识了弗里茨·朗、罗伯托·罗西里尼、艾尔伯特·拉摩里斯……大家慢慢开始学会站在另一个层次上，细细品味每一部作品带来的惊喜和独特快感。

导师有一个习惯：每次放映电影，他都会认真地找到原版海报，送到文印室打印出来，然后张贴在学校各处。观影结束后，又郑重地把多余的海报送给学生们，并留下自己最喜爱的贴在办公室的墙壁上。

有一次，我去他办公室咨询课业，看到满墙壁的海报，非常震撼。更震撼的是，其中一张下面印着的影展日期是2003年。很难想象，这么多年，他是怎样坚持下来的。

随着研究的深入，课题的难度也不断变大，面对未知的挑战和清苦的生活，一些人坚持不住，开始心猿意马。一向宽进严出的西方高等学府有自己严格的规矩，终于，不能按要求完成学业的人无法通过年度评审，面临淘汰。班里的同学走得走、留得留，有人结婚生子，有人就业创业，最后留下来坚持苦修的只有少数人。

分别之后，我们又总会在不同的时间、场合再度相聚。大家关心的问题渐渐有了区别，有的人热衷于交流哪里的衣服在打折，哪里的奢侈品又出了新款，哪里的餐厅更好吃；有的人滔滔不绝地谈论娱乐八卦、小道消息；有的人牵挂在某一单生意里别人占了自己多少便宜，自己又占了别人多少便宜；也有的人关心世界如何运行，我们怎样认识自己，在有生之年，应该怎样和混沌宇宙和谐共生，智慧精致地活出点新意。

我越来越强烈地感到，每天都汲汲于生或是汲汲于死的人们，大多掩饰不住愈发强烈的饥渴、迷惘和焦虑，逐渐作茧自缚，只有依靠外在物质的刺激，才能重新快乐起来。而那些多年来通过读书、探讨形成的思维方式和行为习惯，也正在悄悄滋润着另一些并不那么光鲜、奢华的简单生命。

每接近真理一步，享受它们带来的温暖，享受着学术领域内那些脍炙人口的典故，比如阿兰图灵的自行车链条、福柯的烟斗、薛定谔的猫……就仿佛发现了一种取之不尽用之不竭的快乐源泉，这是独一无二、要凭智慧才能获得的奢侈，更是深藏内心、永远不会被剥夺的宝贵财富，就好像《肖申克的救赎》里安迪脑海中回荡的莫扎特的咏叹调。

在一些人看来，像我导师这样的学者追求的或许是不切实际的东西。我不知道在他的熏陶下，大家最终是否会变得不食人间烟火。不过，在这漫漫求知路上，能够一次次体会真理带来的纯粹的快乐，我已心满意足。

（摘自《读者》2023 年第 4 期）

你是“差不多先生”吗

采　铜

把一件事情做到极致

国画大家齐白石先生的成才经历能给我们很多启发。齐白石出生于1864年，湖南湘潭人。他的家庭并不富裕，所以他16岁就开始拜师学习雕花木工。齐白石的木工师父手艺很好，他又认真好学，所以他的手艺越来越好。由于经常跟着师父在外面做活，渐渐地，他在当地有了些名气。

齐白石学手艺不仅勤动手，更善动脑。他发现师父雕的花翻来覆去就那几个固定的样式，什么“麒麟送子”“状元及第”，没什么新意，于是就搞了些创新，把国画里的一些元素，如虫草、花鸟等，迁移到木雕里。起初只是试探，没想到雕出来的新品颇受大家欢迎。

这种经历让他对国画有了强烈的兴趣，但没有人教他画，而他能看到的国画画册也是比较初级的，所以一直无法真正入门学画。

直到 20 岁的一天，齐白石在一个主顾家里干活时，发现了一套《芥子园画谱》。《芥子园画谱》是一套非常经典的国画教科书。一个想学画的人看到一套画谱，就如同一个想学武的人看到了一套武功秘籍。可是这套书是别人的，在当时又很稀少珍贵，他只能向书主借来，用薄竹纸覆在书页上，描红一般照着原画一笔一笔勾描。他就这样勾画了足有半年，画了 16 册，才悉数描完。

接下来的 5 年，齐白石靠这套勾描出来的《芥子园画谱》做木雕，闲时也反反复复临摹，勤学苦练，他画画的底子就这么打了下来。后来齐白石的画在当地出了名，引来名画家收他为徒。接受了专业指导后，齐白石画技更上一层楼，终成一代国画大家。

发现一本好书，花半年时间抄下来，又花几年时间学这一本书，这是在信息匮乏的时代背景下，一个求学若渴的年轻人所做的事。而在今天，有几个人能做到？

“手机艺人”

一部智能手机在手，我们的时间就被分割得七零八落；每天各式各样的信息如潮水般涌来，让我们无所适从，不知如何选择；我们的耐心越来越少，我们总是被标题吸引，打开正文后匆匆看两眼又马上关掉；每天更新的网络热点，当时看得热闹，到第二天就会忘得一干二净；我们幻想在一篇网文中寻找到“干货”，希望发家致富、人生辉煌的不传之秘能被列成要点，和盘托出，没想到只是又一次被骗了点击；我们总是在找更多的资源，搜索、下载、囤积，然后闲置，错把硬盘当成自己的大脑……

如果说齐白石的故事是一个“信息匮乏时代的手艺人的故事”，那么这就是“信息过剩时代的‘手机艺人’——我们的故事”。

齐白石先生的这种专注和一丝不苟，想必现在少有人能企及。胡适先生写过一篇趣文，叫《差不多先生传》，文章里虚构了一个叫“差不多先生”的人物。这位先生有一句名言：“凡事只要差不多就好了，何必太精明呢？”在我们很多人身上，都有这位“差不多先生”的影子。

不苟且

历史学家罗尔纲年轻时曾担任胡适先生的助理，受胡适言传身教颇多。他回忆说，胡适先生最令他受益的教诲就是三个字：不苟且。

什么是“不苟且”呢？胡适说，不苟且就是“狷介”。胡适认为，“狷介”不仅是一种德行，也是一种做学问的品格，也就是“一丝一毫不草率、不苟且的工作习惯”。罗尔纲早年受这种“不苟且”精神的熏染，在自己的学习和研究中一以贯之地践行，最终成为一位著名的历史学家。

年轻人容易犯的毛病是热情有余，少了一些冷静踏实；急于求成，少了一些耐心细致。如果能早一些明白“不苟且”的重要性并躬身践行、一以贯之，人生之路可能会好走很多，个人的才能也更容易培育和施展。

管理学大师彼得·德鲁克晚年回顾自己的人生，从经历中总结出7条人生经验，其中第一条是“追求完美”。18岁的时候，他每个星期都会去歌剧院看一场歌剧演出。有一次他观看由意大利音乐家威尔第创作的歌剧《法斯塔夫》时，被深深震撼，随后他查阅资料，发现这部伟大的作品竟然是威尔第在80岁时创作的。

80 岁的威尔第早已经功成名就、享誉天下，为什么还要辛辛苦苦地创作一部歌剧呢？威尔第在一篇自述文章中是这样写道：“身为音乐家，我一辈子都在追求完美，可完美总是躲着我。所以，我有责任一次次地尝试下去。”

这番话给年轻的德鲁克很大的触动，甚至成为他一生行事的准则。所以直到 90 岁时，已经著作等身的他还在辛勤工作，写出了思考未来管理问题的《21 世纪的管理挑战》一书。

（摘自《读者》2021 年第 2 期）

画　心

胡　烟

田园生活的扉页展开。顶着清晨的薄雾，披着黄昏的粉霞，每当王维抬头仰望不远处的山川，便能意会“苍茫”一词。山顶或山间蒸腾的水汽，群山之间的连绵，将所有的树、林裹挟成一团——它们紧紧拥抱，浑然一体。王维的心中，既宁静，又兴奋。吸一口天地真气，他试着闭目冥想，惊觉眼前并不见一棵树，显现的只是一层层的绿色，抑或浓黑的山川轮廓。

这一发现，在王维的心里盘旋了许久，终于有一天，他灵光一闪。

那天，他试着用一个点，一个竖起来的米粒状的墨点，来表现一棵树。一个点，又一个点，或相叠，或错落，或疏离。山川下，是一群不规则的墨点，不见一截树枝，不见一片叶子，却成一片苍郁的林。终南山麓，多种类的树，柏树、槐树、银杏树，王维从中抽取其本质的属性，即一个墨点。程邃题王维《辋川图》说，“作树头如撮米”。

最关键的感悟，来自雪。

终南山的大雪，为了令隐者悟道翩翩而至。是夜，王维在灯烛下，专心诵读经文，内心极为寂静。他读到“一切诸相，即是非相”“不取于相，如如不动”，生起莫名的欢喜。

清晨，一推门，洁白的雪，掩盖住纷繁细节，山、石、树木、溪水，千千万万的“相”，离开了。天地一白，剩下轮廓，凝为墨色。王维感到，眼前的黑白世界，是阴阳相合，产生了强大的宇宙气场，已经不局限于视觉美感，而是直击心灵。

彼时的他，胸中涌动山川的起伏，一种喜悦不能平复。笔下，竟呈现出墨色的杂耍。笔尖跳起戏谑的舞步，形成墨色的皴擦。王维对这种新鲜技巧的应用毫无觉知。只顾还原胸中的雪景。背阴处的积雪，呈现冷冷的深灰，只需横笔扫几撇淡墨，便是山的轻盈、静谧、沉穆。

浓墨，淡墨，干墨，湿墨，枯墨。墨与水的游戏，衍生出层层山水。一抹浅淡的灰，将山川推至平远。这抹灰的情绪，可以是淡泊，可以是清寂，可以是闲适，可以是荒寒的野逸，可以是隐遁的气息。

当后世的文人邂逅王维的水墨，便从这种无彩的画里，见到诗人被田园山水滋养的禅心，并为之深深着迷。

王维画自己的心境，恰是所有士子的心。

王维在无意间运用水墨这种画法的时候，他没有料到，自己正在熬制一味药。这味药，让无数文人的抑郁情绪有了宣泄的出口。

比如，南宋的梁楷，皇家画院的高级画师，常常要奉皇帝的“诏令”画画。这种把绘画当成作业来完成的方式，让他觉得刻板、厌烦。据说，皇帝看重他的才华，特赐金带，象征最高荣誉，但梁楷把金带挂在院子里的树枝上，不管不顾地飘然而去。

幸好有水墨。梁楷把一颗真心施展在水墨里，无须繁复的描摹，无须构思色彩，随了自己的心绪，要简则简，想狂便狂。遂有了《泼墨仙人图》《李白行吟图》……寥寥几笔，人物像在云中飘。梁楷的心思，本就在云端。随心而画，梁楷终于活得舒展了……

苏东坡也是如此，靠着《枯木竹石图》疏解情绪。能说的话，他都写在诗文里，“乌台诗案”的伤痛，时常提醒他，有些话，不能说、不敢说；有些话，说不出。嶙峋的怪石，瘦癯的竹，枯槁的木，是他困顿的心。

生不逢时的黄公望，眼看着入仕的希望如微弱的炉火，在他面前耗尽最后的余温。他干脆转身扎进富春江那捧缥缈的雾气里隐居。靠着天地山水和道家学说颐养真气，他把笔墨淬炼得纯净、松弛。一卷山水，尽显富春江畔的秋色。不单是美，更是心境的提纯。

徐渭被无常的命运激怒，一抬笔，抛出一连串愤怒的藤。一颗颗葡萄，任意浓淡，是辛酸的泪，一滴滴稀释了墨色。

这些通透的表达，是从王维开始的。虽然王维的画作鲜有真迹留传，但水墨的精神一直在流淌。赏画，亦是赏一颗文心。

久远以来，文人的心沉醉于墨。那是最浓的夜色，是千钧的沉默。墨的黑，是从黑夜里提炼的最纯正的颜色。与文人上下求索的苦涩，完全妥帖。

墨色之外的白，是雪，是盐，是太阳，是大光明，是天地间的空。一芥子的空，装得下所有玄想。

与水墨相克相生的，是文人的心。虚伪的人，始终不得其医治。而一个真诚的人，面对一张洁白的宣纸，像站在雪后的大地上，谎言无处藏身，甚至失语。一股脑儿的泪，热烈的或者凝涩的情绪，涌向笔端。每一缕墨色，都是心跳。

（摘自《读者》2022 年第 20 期）

庙会上的歌者

樊晓敏

小时候，每年过庙，村里都会请戏班子来唱戏，这对孩子们来说，是比过年还要盛大和欢欣的节日。

戏班子要来的前几天，孩子们心里都像长了草，每天都扳着指头算日子，有的孩子甚至一放学就跑到村口张望，等终于看到几辆卡车远远地挟着烟尘来了，就像在舞台上大喊“报——”的那个传令兵，立马撒丫子回村向伙伴们报信，这捷报传得往往比风还快。

戏台其实离学校很远，孩子们不可能听到演员们在唱什么，但总有孩子吹嘘自己耳朵尖，说有几句唱腔就是远远飘到耳朵里了。终于盼到放学，盼到天黑，好容易进了戏园子，却没有几个认真听戏的，更大的乐处在戏外。

最有意思的是，挤在门口看演员们在一个大屋子里化装，令人惊叹的不是他们把红的绿的油彩往自己脸上抹、给对方抹，而是老包（包拯）原来长得好白，老夫人原来还好年轻，丫鬟竟然打了大老爷一下，那个苏三和老差役竟然拉着手，他们是在搞对象吧……一点一滴都让孩子们异常兴奋，好像窥探到一个神秘世界里神秘人物们极大的秘密和真相。

也还会有顽皮胆大的男孩子趁人不注意悄悄跳上舞台，躲在幕布两侧，看演员们下台、喝水，听他们聊天、咳嗽，但是没一会儿，就会有管戏台的工作人员，像赶鸭子一样，拿着长长的竹竿凶巴巴地把孩子们赶下台。

这些来自远方的俊俏、时髦的人啊，他们可能都不知道，那短短几天的驻留在孩子们心中是怎样的光华。然而总是有离开的时候，看到他们离开，每个孩子心里都怅然若失，有的孩子甚至会追着他们的卡车跑好远好远，就像追一阵风。也许他们本来就是从风里来的人，而下一年的期盼随着离去的烟尘又种在了心里。

天边的彩云，总是聚了散，散了又聚，但是渐渐地，日益丰富的光影世界对孩子们形成了更大的诱惑，戏园子里的热闹一天不如一天。

庙会上开始多了偌大的帐篷，那是各种各样的歌舞团，也许对任何从远方而来的人，少年时都会天然有一种好奇和仰慕。那时有一首歌叫《流浪歌手的情人》，三毛的作品也正热，在情窦初开、想象力蓬勃的年纪，总想着他们身上是不是也发生过这样的故事。

然而越长大，越觉得不以为然，尤其是当我看到那些“劲爆”“热辣”的歌舞团的女孩儿，画着浓艳的妆，无论是炎炎夏日，还是乍暖还寒时，总是穿着非常清凉，站在高台上蹦着、跳着、喊着，卖力地招揽观众，我更是提不起一点儿兴趣。我觉得自己离她们很远，直到大学毕业那年。

那年，我被分到老家一个离县城十多里地的镇子上教高中，小镇叫

“南桥”。

这个镇子也有庙会，我忘了具体是什么日子，只记得风还很凉，应该是在初春吧。那年庙会的头一天下午，正好是一个周末，到校后，我和同事出来溜达，看到在挨着桥的河道那块儿，有两个男人正在沉默地清理脏乱的地面，他们身旁是一些散乱的木板，一个个硕大的行李包、很粗的绳子……一定是从远方而来的在庙会上讨生活的人。

直到现在，我还能清晰地记得其中一个人的模样，他的脸有些黑，头发长到耳下，有点儿乱蓬蓬的，好像刚在风中长途跋涉过。他穿着一条很好看的有点儿褪色的牛仔裤，但有的地方能看到淡淡的污痕。他们该是歌舞团的人吧？只是在这样的地方能做什么呢？我们不由得好奇地问，那个男人头也不抬，简短地说：“住下。”这个季节，在这个地方住下？我们在震惊之余，都沉默了。等走远一点儿，不经意间回头一望，看到两个穿制服的人正在和他们说话。我突然有种说不出的忧伤和羞愧，是为年少时的幻想和骄傲吗？

街上的嘈杂声透过围墙隐隐约约传过来，歌舞团喧闹的音乐也夹杂其中。也许是因为那人的沉默和我印象中庙会歌舞团的浮夸太不一样，也许不过是年轻的苦闷需要一些释放，晚上我独自偷偷溜出校园，走进从未去过的帐篷下的歌舞团。

钢架支着的木板搭成简陋的舞台，舞台上铺着的布当然已经看不出是什么颜色，灯箱倒是很亮。台下一些年轻人、村里的闲汉和孩子散乱地坐在木头、砖头或者自带的马扎上。好像先是几个女孩子跳了两支热辣的舞，然后，让我印象最深的是一个眉目俊朗、留一头齐秦那样长发的歌手，他唱的是那时正流行的《大海》《我的未来不是梦》《我是一只小小鸟》……我实在听不出和在电视里华丽舞台上的歌声有什么两样，只觉得他的歌声更高亢清亮，像能穿透那薄薄的帐篷，直上云端。

他卖力地边唱边满台子跑，每每间奏时间，就会喊：“父老乡亲们，给点儿掌声好不好？”但每每声落，掌声稀稀拉拉，偶尔有一两声口哨声。他唱完几首歌，已是满头大汗，叫人拿瓶水，单膝跪下，直接从头上浇下来，猛地甩甩头。闪烁的灯光下，水花四溅，他再一次大声喊：“父老乡亲们，给点儿掌声啊！”

也说不出为什么，我没有再看下去。黑乎乎的没有路灯的街上，行人零零落落，到了街口，我不自觉地回头看了那顶帐篷好一会儿。它上方的夜空，星辰亦是那么微弱、寥落，歌声随着冷风断断续续飘过来，只是听不太清楚唱的是什么。有一句话，忘了是在哪里看到的，突然重重地涌上心头——“四壁喧嚣中的冷寂者”，我鼻子有点儿发酸，却又觉得自己似乎有些矫情。

第二天，我好像没有再听到歌舞团的音乐声。

几年后，我离开了那个镇子，从此再也没有见过那些庙会上的歌者。

（摘自《读者》2023 年第 3 期）

小宇宙

邓安庆

那时候村庄里唯村公所有一台“熊猫”牌电视机。每到晚上，爸爸就会一只手拎着板凳，一只手拉着我，跟着从各个巷口出来的叔叔伯伯一起去村公所占位子，赶着看《西游记》。看着电视机里活动的小人儿，我总忍不住冲到电视机后面，看看他们是不是躲在那里。有一次电视机坏了，修电视机的叔叔打开电视机的外壳，我和伙伴们终于得以一窥电视机的内部。我一下子对放在基座上的主板产生了浓厚的兴趣。

我告诉伙伴们，我知道电视里那些活动的人住在哪里了——就住在这个里面，我指着主板说。那主板不正好对应着一个微型的村庄吗？草绿色的底板是村庄的大地，各种芯片组、处理器、插槽、排槽是各式各样的房子，里面可以住人、喂猪、养鸡，弯曲的电路是河港和一条条大路，各种接口、串口、并口是居住在这个村庄的人们互相走动的神秘通道。

当电视机被打开时，这些人就从这个村庄走出来表演节目给我们看；当电视机被关掉后，他们就回到这个村庄休息。我为终于能解释电视里的人是从哪里冒出来的这一难题而兴奋不已，然而当伙伴们听完我的解释后，笑成一团，说我胡说。他们翻动着主板问我："那这些人我们为什么看不到？"是的，我们为什么看不到他们——孙悟空、白娘子、雅典娜、圣斗士、兔八哥……村庄里的人都认定我有病，还病得不轻。隔壁的大婶多次劝告妈妈该带我去看神婆了，每次上楼去收棉花时，她总能看到我要么盯着墙壁半晌都不回神，要么拿着布头做成的小人儿在自言自语，要么披着床单摇头晃脑地乱哼乱唱。此次我又莫名其妙地说关于电视机的怪话，村庄里的大人都认定我是被"鬼"迷住了，妈妈终于决定带我到五里庙去见神婆。神婆把念过咒的辟邪符烧成灰放到水里，让我一口气喝净，然后让我妈妈尽管放心，"鬼"已经给收走了。

妈妈与神婆聊天的当儿，我一直在琢磨伙伴们问的那个问题。此时只听见佛乐声起，"南无大慈大悲观世音……"的乐声来来回回伴着庄严的旋律复沓起伏，听之既久，我有种奇异的感觉：我的心头宛如有两股电流，霎时间流遍全身，直至脚心。这时，我看到光点聚敛成星星，刹那间如花儿一般绽放，顿时，无数的星星在空寂的深蓝色宇宙中绽开花瓣，只要是我平生所见过的花儿，都在这一刻从一颗颗星星一个接一个绽放成花朵。这种感觉是我平生从未体验过的。佛乐既停，而我的心久久难平，头顶的电流也并未随之消逝，反而是盘结收拢。我小声地告诉妈妈："咦，我头上有两条鱼在游。"妈妈听罢吓坏了，神婆又让我喝掉了一杯"神水"。

晚上回来躺在阳台的竹床上，看着银黄的月亮卡在屋角边缘的梧桐树杈间，我推妈妈说："咦，你看月亮流汁了。"沿着墙壁流淌下来的月光，我觉得好像两只手紧捏柠檬挤出的果汁，如此一想，仿佛都能闻到柠檬的清新。妈妈起身，焦虑地看着我，自言自语："都解咒了，怎么还这么迷瞪！"我不敢再多话，只得一个人悄悄地看着黏稠的月光从村庄的屋瓦上缓缓地淌到池塘。如果能泡在那池塘里，想必全身都是清甜的吧。而我头上依然在游动的鱼儿该是从池塘里来的吧。我回味起佛乐中万颗星星绽放成花朵的宇宙图景，顿悟了一般——电视机里主板上的那些人，我知道，我们为什么看不到了。

我们住在村庄里，村庄在地球上，地球在太阳系里，太阳系在宇宙中，那宇宙在哪里？或许在我们看来无穷大的宇宙只是另外一个更大的宇宙中一颗极为细小的沙子、米粒、细胞、原子、分子，它们的一秒对我们来说是几亿亿的时光。这个包含着我们宇宙的大宇宙也只是比它更大的宇宙中的一小粒而已。这是往大里想，那往小里想呢？不也是如此吗？或许村庄中随便一粒沙子，我们碗里的随便一粒米，我们身上的随便一个细胞，就是一个小宇宙。小宇宙对我们来说可以忽略不计，但是对于那个宇宙里的人来说，不正是我们面对我们的宇宙时所能感受的时空的浩瀚无垠吗？我想电视机里的人，就是来自这些小宇宙的人，他们就住在这个电视机内部的小村庄里。他们太小太小，我们根本看不到他们。而"熊猫"牌电视机凸出的显示屏，就是放大镜，把这些小人儿放大给我们看。

我为我无意间彻悟了宇宙的本质而兴奋得彻夜难眠，这些如果说给妈妈和伙伴们听，岂不又是我被"鬼"迷住了的佐证？当我想起自己的身上有多少个细胞，就有多少个小宇宙时，我不敢乱动了。我小心翼翼地放平我的手和脚，是的，有无数人、无数动物、无数植物，生活在我体内的无数小宇宙中。我一呼一吸的极短时间，对小宇宙来说就是好多好多亿的时间。我相信只要给每一个小宇宙连上一台电视机，给他们一个主板村庄，他们就能在我眼前活动跳跃。不仅是我，妈妈、伙伴们、鸡窝里的芦花鸡、柴垛上绽开的牵牛花，他们的身上都有无数的小宇宙。他们不知道，他们像我妈妈一样，在村庄的夜晚里睡着了。

（摘自《读者》2022 年第 5 期）

生活在虚拟世界的李白

押沙龙

我小的时候最喜欢李白的诗。“手中电曳倚天剑，直斩长鲸海水开。”岁数慢慢大了以后，对李白的诗就有点淡了，反而是这个人本身让我觉得有趣。说起来，从没有哪个古代诗人像他那样，钻进一个童话般的虚拟世界，一待就是一辈子。

奥威尔说过一段话，莎士比亚虽然是了不起的文学天才，但他的思想体系跟一袋子破抹布差不多。而李白全部的人生观、价值观、世界观都紧紧围绕着一件事：李白可真是个了不起的人啊！当然，他的世界里也有其他人，但是这些人的存在都是为了从各个角度、各个侧面来证明李白的高人一等。

在李白幻想出的这个虚拟世界里，他自己几乎无所不能，既是文学家，又是武术家，更是政治家，甚至还是仙人。而且，只要有机会，他就把这个虚拟世界展现给别人看。不但大家夸奖李白，李白自己也挤进人群夸奖自己写得好："我的从弟经常问我，你的心肝是锦绣做的吗？怎么能这样开口成文，挥翰雾散？我听完哈哈大笑，扬眉当之。"

光是诗写得好算什么？李白还要做神仙，"余昔于江陵，见天台司马子微，谓余有仙风道骨，可与神游八极之表"。神仙都做了，尘世间的事功自然更不在话下。李白要做苏秦，佩上相印夸耀妻子；还要做鲁仲连，替世界解决一个天大的问题后飘然远去，挥挥手不带走一片云彩；安史之乱后，他更要做策划淝水之战的谢安，"但用东山谢安石，为君谈笑净胡沙"。郭沫若写过一本《李白与杜甫》，专门扬李抑杜，但写到李白的谢安计划时，郭老也觉得颇难措辞，只好说："这种乐观精神实在太惊人了！"

如果真追问李白有什么惊人手段能平定叛军，那当然是没有的。其实他对安史之乱也没有定见。在他看来，"颇似楚汉时，反复无定止"，谁正谁邪，他并不太在意。如果他不幸被安禄山捉了，没准也会反过来幻想着如何帮安禄山一举灭掉李唐。王安石对李白这种品性很看不惯，说他"其识污下"。其实李白的见识并不是污下，他只是太天真，太没心没肺，太把这个世界当成自己的专属大舞台。如果外界不配合他的表演，他就会大为不悦。比如他特别厌恶的一个人就是第二任太太刘氏。这位太太无非是不肯配合他的虚荣心，就被他痛骂是"会稽愚妇轻买臣""彼妇人之猖狂，不如鹊之强强！彼妇人之淫昏，不如鹑之奔奔"。他对朋友的态度也是如此。朋友帮助他，李白从来都认为理所当然。我是一个伟大的天才，你们给我提供帮助难道不是应该的吗？说不定你们做得还很不够呢。就像李白旅途中出现了经济问题，当地朋友们给凑了些钱。拿到钱后，李白写了首诗："赠微所费广，斗水浇长鲸！"不知道那些朋友看着眼前这个浇不饱的大鲸鱼，会不会在心中发出一声叹息。

李白当然也有低潮期。他不幸押错宝，投靠了永王李璘。李璘被长安政府镇压后，李白惨遭流放。但即便这件事，也没能把他从虚拟世界里拽出来。在流放路上，他就写诗体回忆录："空名适自误，迫胁上楼船。徒赐五百金，弃之若浮烟。辞官不受赏，翻谪夜郎天……"他替自己幻想出同李璘集团做斗争的经历。没多久，李白又替中丞宋若思写了一封向朝廷推荐李白的信，说："我看李白这个人，怀经济之才，抗巢由之节，文可以变风俗，学可以究天人，一命不沾，四海称屈。我建议给李白一个京官干干。"依然是那副自信心爆棚的造型。

奇怪的是，李白周围的人也真的都让着他，哄着他。就连闯出"附逆"大祸来，也有高官来保他，皇帝来赦免他，"粉丝"来安慰他。杜甫说"世人皆欲杀，吾意独怜才"，其实哪有此事。李白依旧是走到哪里，哪里的官员名流就围着他盛情招待。从李白的诗集看来，流放之途竟是一路喝将过去。

像李白这样的人物，生在唐代实在是幸运，换个时代恐怕就难有好下场。倘若是宋朝，肯定会被那些正经人攻讦撕咬。如果是明朝呢？跟李白比起来，李贽已算安分了，仍不免闹个自杀的下场。清朝就更不消说了，吹牛还吹不到半酣，就得被发往宁古塔"与披甲人为奴"。也只有在唐朝，人们态度比较从容，心地没那么狭仄，对才华又有一份真心的敬重。李白周围的人都不去和他计较，因为他们知道，李白的诗是真的好。

就这样，李白一直活在温暖的虚拟世界里。他不知道外面那个世界对他是何等友善；也不知道正因如此，他才能在虚拟世界中活一辈子；更不会知道，这友善其实是何等宝贵，何等难得。

（摘自《读者》2022年第23期）

释放生命的拘谨和压抑

蒋　勋

李白的《将进酒》是大家很喜欢读的一首诗，这个名字本身就非常浪漫，意思是，把酒喝干了吧。其实它有点儿像西方的《饮酒歌》。

“君不见黄河之水天上来，奔流到海不复回。”“天上来”是讲黄河的上游，“到海不复回”是讲黄河的下游，这幅巨大的画面象征着空间的辽阔和无限性。

接下来他说：“君不见高堂明镜悲白发，朝如青丝暮成雪。”老年的母亲在镜子里看到自己头上的白发，就感叹头发早上还是黑色的，怎么黄昏时就变成白色的了，这里他在讲时间的飞逝。

李白通过这两个句子告诉我们，你以这么短暂的生命，怎么去追求无限的空间？用有限去追求无限就会是永远的感伤和无奈。于是，他说：“天生我材必有用，千金散尽还复来。”

李白的诗里最美的字是“我”。儒家学说往往教人谦虚、谦卑，尽量不要谈“我”，可李白总是在讲“我”。他觉得生命里很重要的一点是找到“我”的自信，找到对自己生命的肯定。

“天生我材必有用”，是说我既然在天地之间生长出来，一定有我存在的意义和价值，我觉得这是很自信的一种口气。年轻人一定会喜欢李白，因为他是年轻的，是青春的。

我们小时候，父母总是让我们节俭，要我们朴素。可是李白讲“千金散尽还复来”。他说，不要那么计较，不要那么在意千金，你一下子把钱花掉，它还会再回来的。这绝对不是儒家会鼓励的事情。

这样的挥霍其实有一种过瘾，有一种草原民族的豪迈。

《将进酒》透露出李白非常鲜明的个性，也让我们百读不厌，其中有一种豁达和豪迈。每次在生命受压抑时，读读李白的诗，你就会忽然觉得可以让自己放开。

纾解没有活出来的自己

“古来圣贤皆寂寞，惟有饮者留其名。”儒家认为人要活得有分寸，活得规规矩矩，最后成圣成贤，也就是今天我们所说的那些德高望重的人。

李白觉得，生命这么短暂，我们应该去追求自己爱做的事。我常常会想，为什么在我们的正统教育里，有时候不那么敢介绍李白？

如果李白是我们的小学老师或中学老师，我相信他会问所有的学生：“你们最想做什么事？如果生命只有一次，你们想用来做什么？”

李白的叛逆其实非常有趣，他有一点儿颠覆正统教育。在正统教育中，我们要遵循同一种模式，去考试，去拿学位，而这些可能并不是我们心里真正想要的东西。

我们总是在为很多人活着，为父母活着，为老师活着……可是李白会问你自己最想活出的样子，可能是玩滑板，可能是飙车，也可能是其他。李白最大的愿望并不是去考试、做官，而是活出他自己。

但我们在现实生活中常常是做不到的。很多人之所以喜欢李白，也许是因为在现实生活中受到太多的压抑和委屈，他们想借着李白的诗去纾解没有活出来的自己。

但李白怎么可能这么豪迈，这么不受局限呢？他的“五花马千金裘，呼儿将出换美酒，与尔同销万古愁”中，“五花马”是他骑的那匹骏马，“千金裘”是非常昂贵的貂皮大衣。

他因为喝酒喝得没钱了，可还要很江湖义气地请朋友喝酒。于是，他就说：“我今天就把我的马和貂皮大衣当了换美酒，跟你好好喝一次，把所有的烦恼都忘掉。”

假如李白是我的朋友，我会很喜欢他。我们不要把他误认为酒肉朋友，他的酒肉中有一种对人的深情，他身上有很多江湖游侠的个性，有那种我们已经不太容易看到的豪迈义气，也就是所谓的侠客精神。

我不喜欢拘泥于文字的诗人，我相信诗人并不只是写诗的人，而是通过诗将生命活出来的人。他们留下的诗句，总能帮助人把生命从拘谨和压抑中完全打开。

困顿人生里的心灵悠闲

有人认为《蜀道难》是写唐玄宗逃难到四川的故事，“问君西游何时还”，就好像问唐玄宗：“你到西边来，什么时候回去啊？”

我不喜欢这种解读。一首诗有不同的层次，虽然这种解读是最通行的，但我觉得李白不是在关心现实，而是在描述生命的流浪与自我放逐。

在他的诗中，生命从人的世界出走到自然的世界，有一种孤独感。我更愿意相信李白是在问自己，这样的流浪、这样的彷徨什么时候会结束，什么时候才能找回自己。这是一种对内心世界的叩问。

我不希望在解读这首诗时，离开李白对自然的描述。李白不应该是那种纠缠于琐碎事情的人。当然，历史上，他曾被小人陷害，可我总觉得他那么潇洒，也许在爬山时就会忘掉这些。

在旅途当中读李白的诗会获得极大的愉悦，在自我流浪的过程中，会体验到“但见悲鸟号古木，雄飞雌从绕林间”所描写的自然世界中苍老的古木和鸟凄厉的叫声。我一直觉得教会我读李白的不是学校，而是山水。

李白的贵游文学不俗气，因为他有一种“停杯投箸不能食，拔剑四顾心茫然”的荒凉感，会在拥有人世间最大的繁华时选择出走。李白会令我们想到悉达多太子，他即使拥有最华丽的宫殿与最美丽的妃子，也还是会出走。

“欲渡黄河冰塞川”，讲的是生命的茫然。拔剑四顾，要到哪里去呢？往北走吧，想渡过黄河，可是黄河已经结冰。那么往西走吧，“将登太行雪满山”，想爬过太行山，可是满山都是大雪，似乎生命当中都是阻碍，都是困顿。

李白会怎么面对呢？他用调侃的方式给了自己一个解放——“闲来垂钓碧溪上”，不要这么悲壮，把生命看得悠闲一点儿，就拿着钓鱼钩，在小溪边钓鱼吧。

“忽复乘舟梦日边”，钓着钓着累了，睡着了，梦到自己坐着船到了太阳的旁边。这是李白的浪漫。在无法解决现实中的阻碍与困顿时，他会做梦，用梦把自己带到另一个美丽的世界。

人活着，现实的人生如此艰难，每一步走下去都可能是歧路，每一步走下去都可能是困顿，每一步走下去都可能是挫折。

李白觉得他仅有的快乐是在酒中与梦中，一回到现实人生，他就觉得到处都是陷阱。即使身处繁华，他心里也是荒凉的。

“行路难，行路难，多歧路，今安在？长风破浪会有时，直挂云帆济沧海。”但他很少悲哀到底，他会给生命一个巨大的希望，这是李白内在世界的向往。

“会有时”是说要有一个机遇。李白的诗里有一种豪迈之气，因为他一直没有放弃对大空间的向往。对海洋的向往，对破浪的向往，对太阳的向往，是他生命的主调。

但在现实中，他时常陷入困顿，想出走又无处可去，似乎走到哪里人生都是这样困顿，只好回来寻找心灵的悠闲。

（摘自《读者》2023 年第 3 期）

我生命中的 5 双手

陶　勇

大家好，我是陶勇，一名眼科医生。告诉大家一个好消息，最近我领证了。大家猜是什么证？

是坐地铁可以坐黄座、去公园不用买票的那个证——残疾人证。

能领到这个证，我觉得我很幸运，也感到很知足。我是 2020 年 1 月朝阳医院暴力伤医事件中被砍伤的医生，能死里逃生，我认为这是上天对我的眷顾。

2020 年 1 月 20 日，临近春节，我原以为那天和任何普通的一天都是一样的，但没有想到，一个“春节大礼包”正在向我靠近。

那天，我正一如既往地低头看病例，抬头做检查，突然听到一声尖叫。我还没有反应过来，就感觉后脑勺“嗡”的一下，我的头受到特别沉重的暴击，我感觉像一个重物砸在我的头上。顿时整个脑袋昏沉沉的，我强忍着疼痛和眩晕，向门口跑去。

在跑的过程中，我回头一看，一把菜刀正在向我挥舞，于是我下意识地开始奔跑。

在一阵尖叫和嘈杂声中，我跑到楼梯的一个死角。当时我看见慌乱的人群中，一把菜刀正一刀一刀地砍向我。

关于那次事件，这就是我为数不多的记忆。

第二天，我成了媒体报道的对象。之后，我住进重症监护室，在那里待了两个星期。

那两个星期是我人生中最黑暗、最冰冷的两个星期。我第一次知道，原来被利器砍伤的时候并不疼，真正疼的是之后的恢复期。

当时我的大脑因为水肿，疼痛难忍；而我的左手，就像持续握着一个冰柱子一样，冰冷刺骨，我根本就感觉不到胳膊的存在。

那段时间，我日日夜夜都在接受着“严刑拷打”。其实身体的疼痛，时间一长就变得耐受，我没有想到更残酷的事情紧随其后，当派出所警察找到我，告诉我凶手的名字时，我就蒙了：怎么会是他？

当时我躺在病床上，看着天花板，又看了看自己被纱布包裹的左手，没找到答案。那是我第一次对从医的初心产生动摇。

那段时间我躺在病床上，身体的疼、心里的痛，一次次提醒我，也让我回忆起了小时候要当一名医生的初心。

我出生于1980年，妈妈在新华书店工作。小时候我特别爱看武侠小说，尤其是金庸的武侠小说。

我和小伙伴讨论，总是会问：“你要做书里的哪一个人物？”他们总是说要做郭靖、杨过这样的大侠，神功盖世。

可是我觉得，大侠受了伤，总是要找神医来救治，而神医总是一副胸有成竹的样子，而且一出手就能把他们治好。

那个时候我就有了神医梦，总是想自己将来要是当一名医生就好了，行医就是我行侠仗义、救死扶伤的江湖梦。

在这段江湖梦中，为了行侠仗义，我曾经为患者垫医药费，也曾为了救死扶伤，免费给患者做手术。

有一个患者让我印象非常深刻，他的眼睛患有先天性高度近视，视网膜脱离，在别的医生那里，他一年中经历了 3 次手术。他最终找到我的时候，眼底几乎没有办法治疗。他去找别的医生，却被告知他只能放弃，而且最终的结果是眼球萎缩。但是我不甘心，我想起了那个神医梦，我想我要是能把他的眼睛治好，该有多好。

于是，看着那只几乎要失明的眼睛，我还是把他拉到手术台上，花了两个小时为他做手术。他萎缩的视网膜是怎样呢？打个比方，就像原本柔软的卫生纸被洒了一层胶水，最后胶水干了，卫生纸皱成团。要通过手术恢复视力，就像让这种卫生纸恢复柔软一样困难。但最终手术成功了，而且我还给他减免了不少费用。

但没有想到，视力恢复之后，他变成那个拿着菜刀向我砍来的人。

从重症监护室出来后，我的身体逐渐好转。有一天，我一个人坐在病房，看着自己的左手。“为什么这件事会发生在我身上？”这句话始终盘旋在脑海里，像一句咒语，我根本没办法将它驱逐。

作为一名医生，我曾经劝过数以万计的病人，对他们说：“无论你面对的是什么，一定要想开一点儿，乐观一点儿，因为未来还有无限可能，一切都会好起来的。再难，我们都要坚强地面对，要好好活着。”

这些话，最终我必须送还给自己。那个劝别人的人，也成了被别人劝的人。

一名拿手术刀的眼科医生，失去了拿手术刀的能力，这意味着过去20年我在手术台上付出的所有努力、洒下的所有汗水，都化为乌有。

接下来，我能在医疗行业做什么？我还能为患者提供帮助吗？我还能像原来那样去拯救患者吗？我还能用我这双残缺的手，去为家人遮风挡雨吗？我开始寻找人生的坐标和参照物。

在过去，一共有5双手成为我的坐标和参照物，这5双手把我从厄运的深渊中拽了出来。

第一双手，就是当天一位患者家属的手。在我被袭击的那天，这位患者家属——一位母亲，她不顾自己的安危，用自己的右手赤手空拳地迎向菜刀，帮我挡住了致命的一刀。

2020年5月13日，当我恢复了出诊，再次见到她的时候，她完全没有顾及自己的伤势，而只是关心我，还把大家捐给她的6000元钱，捐给了比她更困难的盲童。当我看到她右手的伤疤时，我感到一阵刺痛，刺得我睁不开眼睛，因为这双手的主人在看到我的时候，眼里只有我，没有自己。

她告诉我，因为我在诊疗时想着帮她女儿减少治疗时间，这样她一周就可以少跑两次医院。她心里想：陶主任把我女儿当成他的孩子和家人，我就把他当成我的家人。她说："陶医生，你保护我的孩子，我保护你。"

那天她走后，我就问自己，她赤手空拳帮我挡了一刀，给了我重生的机会，我有什么理由继续消沉下去？所以这双手，我称之为"感恩"。

第二双手，是一个中年男人的手，这个中年男人有一个儿子，名叫天赐，他说因为儿子是上天赐给他们全家最好的礼物。天赐是我诊治时间最长的孩子，父子俩见证了我从医学生走向医生的过程，我也见证了这段血浓于水的父子之情。

2005 年，两岁的天赐因为恶性肿瘤——视网膜母细胞瘤，摘除了左眼。为了保住他的右眼，十多年来，天赐的爸爸日夜陪伴着孩子在北京进行治疗，白天他们在医院接受化疗，晚上他们睡在火车站和地下通道里。

农民出身的天赐爸爸没有一技之长，只能靠卖报纸、串糖葫芦、扛包等挣钱。即便在这样艰难的情况下，他们还可以为来北京看病的老乡捐款。他们每天只花 5 角钱吃馒头，但可以捐出 10 元钱去帮助身无分文的老乡看病。

多年以来的坚持，带来的却仍然是残酷的结果，天赐右眼的眼部肿瘤还是无法控制，最终右眼也被摘除了。

天赐的爸爸跟我说，得知孩子双目失明的时候他接受不了，大哭了一场。这位饱受命运打击的平凡父亲，最终不得不接受这一事实，开始为孩子的将来做计划。他拿着在我们看来形状完全相同的方块，涂上不同的颜色，来训练孩子的触觉和记忆力。

经过不懈的努力，天赐不仅拥有了惊人的触觉认知能力，还学会了盲文。

天赐爸爸也加入我们北京朝阳医院的守护光明志愿队，帮助从全国各地赶来的患者，在他们候诊的时候送上温暖。一家人的生活，在天赐爸爸的努力下，走向了正轨。尽管孩子的命运不幸，但这个饱经沧桑的男人，却依旧选择善良，用双手托起了天赐的太阳。他就是天赐的光。

在这双长满老茧的手上，我看到了坚强的人性、与厄运抗争的努力。这双手，我称之为“坚强”。

第三双手，是一位阿婆的手。很遗憾的是，这双手的主人已经不在了。但她为自己缝制寿衣的画面，却永远在我的脑海中保存着。

有一年，我参加“中华健康快车”项目，去江西省乐安县为当地的贫困百姓免费进行白内障复明手术。当时有一位王阿婆，她的状况非常糟糕。她驼背非常严重，眼睛的白内障也非常严重。她的眼睛非常小，眯眯缝，我们称之为“一线天”。她的肚子里还长了恶性肿瘤。她的时间不多了。

当时火车上的手术条件有限，因此我一开始拒绝为她做手术。

但王阿婆通过当地联络员告诉我，她想“回家”。我问联络员这是怎么回事，联络员告诉我，当地有一个风俗，那就是阿婆在去世前必须穿着自己亲手缝制的寿衣，到了那边才能被她的家人认出来，她必须“回家”。

阿婆只有这个小小的愿望，我犹豫了很久，决定帮助她。当时阿婆在手术台上非常镇静，一动不动，半个小时后，手术成功了，最终阿婆的视力恢复了。一个星期之后，当地联络员告诉我，阿婆去世了，但阿婆在这个星期里亲手为自己缝制了一件寿衣。

她把出嫁时母亲送她的木梳缝在左边的口袋里，把儿子和丈夫的照片缝在了右边的口袋里，把两个口袋的开口都用细细的针脚缝死，这样它们就不会掉出来。

阿婆让联络员告诉我，谢谢我给了她 7 天的光明，帮她找到了“回家”的路。阿婆说，这些年她一个人，什么也看不见，她在黑暗中特别孤独，所以她特别想念家人。

一位生命即将走到尽头的老人，在生与死的边缘记挂着的，是重见光明和与亲人团聚。

她对医生的信任，让我有机会给了她 7 天的光明，这短暂的光明又反射回来，将我自己的内心照亮。在生命的最后 7 天里，阿婆用缝制寿衣的双手让我懂得：医生能带给患者的，不仅仅是解除病痛。

这双手，我称之为“希望”。

第四双手，其实是来自一个特殊群体的手。作为医生，20多年来我身边围绕着太多挣扎在生死、病痛、贫困等困境中的病患和家属，他们之中大多是彻底陷入黑暗的盲人，但恰恰是这些比我们承受了更多苦难、更多痛苦，却仍然积极面对生活、面对阳光的人，展现出远胜于我们的勇气和乐观。

他们，有的是能凭借记忆捏出橡皮泥作品的盲童，比如广西的微微。还有每周带领近200名盲人在奥林匹克森林公园进行马拉松长跑、参加过70多场马拉松比赛的盲人何亚军。

有掌握多种乐器、能够弹奏高难度钢琴曲的盲童城城，还有依靠音频顽强学习、考上西藏大学藏语系文学教育专业的藏族失明少年次仁，他的梦想是毕业之后去拉萨的特殊教育学校，教更多的盲童学习藏文。

有盲人化妆师肖佳，虽然她看不见自己的模样，但通过在网络上教盲人女孩给自己化妆，她让她们有了自信，把更美的自己展现给大家。

还有更多的盲人，不但自立、自强，还用自己多年积累的经验开办盲人生活训练营，免费帮助那些陷入黑暗和绝望的中途失明人士，教他们生活自理，勇敢地走出家门、融入社会。

这双手，我称之为“乐观”。

第五双手，来自一次公益战略发布会上的握手。两年前，一位中年得子的父亲心急如焚地找到我，他7岁的儿子因不明原因眼内化脓，视力急剧下降，之后完全失明。孩子已经看不见视力表在哪里，更不知道视力表上的“E”开口朝哪儿。

通过我研发成熟的眼内液精准检测技术，我们在不到一小时的时间里发现了真凶——酿脓链球菌，它是一种革兰氏染色阳性球菌。于是，我们通过向眼内注射针对性抗生素，及时挽救了他孩子的眼睛。孩子的视力不断地恢复，最后不到一个月，视力恢复到了1.5。在这次生病之前，他另外一只眼睛的视力才是1.2。

孩子的爸爸喜出望外，拿出数十万元，通过梦想基金会向我的老家江西省南城县建昌镇的两所贫困学校，捐赠了两间“梦想中心”教室。因为“梦想中心”教室的效果特别好，所以2020年，江西省教育厅决定大力推进这种模式，宣布未来4年内将在整个江西省建设1000所“梦想中心”教室。

可以想象，成千上万个孩子将从“梦想中心”教室走出来，会因此更快地找到通向未来世界的大门。这一切只是源于我治愈了一个7岁孩子的眼睛，这种巨大的成就感，是无法用物质来衡量的。它也让我觉得：做医生是最值得的！

这双手，我称之为“善良”。

感恩、坚强、希望、乐观、善良，这5双手赋予了我这只残障的左手无比的勇气和力量，虽然因为手伤我无法再做精密的眼科手术，但我从未觉得人生会因此陷入黑暗。

当我从医生成为患者，又从患者回到医生的岗位，我比任何时候都更加懂得爱和希望是多么重要，也更加理解“医学是人学，医道有温度”这句话。

通过20年来的思考和沉淀，我将自己的医学知识体系和经历过的人生百态相融，形成了一整套自洽的逻辑。从医让我觉得很幸运，它远远不是治病救人这么简单，它还是哲学和科学的融合，是身心的平衡。

我愿意将这份善和爱传递下去，有朝一日，实现天下无盲！

（摘自《读者》2021年第16期）

“河狸公主”的野外人生

稀 饭

在美丽的“戈壁大海”乌伦古河，住着一种比大熊猫还稀有的国家一级保护动物——蒙新河狸。2018年，一位美丽的女孩放弃北京的高薪工作，从父亲手里接过保护野生动物的接力棒，将162个河狸家族扩大到190个，带动数百万名网友共同“云守护”河狸宝宝。

这个女孩名叫初雯雯，被称为“河狸公主”，是北京林业大学生态与自然保护学院在读博士、新疆阿勒泰地区自然保护协会创始人，守护着阿勒泰地区400多种野生动物……

“野生”

初雯雯，1994年9月出生于新疆维吾尔自治区阿勒泰地区，祖籍是山东省烟台市。她的父亲初红军是一位动物保护学家。当年，初红军从山东大学硕士毕业后为支援边疆，自愿来到新疆保护河狸，从事野生动植物科研与保护工作。当年，交通还不便利，通信也不发达。初红军每天骑马进山，一去就是六七个月。那时，初雯雯的妈妈李丽是指导农村农用机械使用的工作人员，夫妻俩经常要待在田间地头，忙得不可开交。

眼看初雯雯就要到上幼儿园的年龄了，他们却连接送她的时间都没有。于是，初红军做了个特别牛的决定——带着初雯雯去野外。于是，2岁多的初雯雯就开始坐在爸爸的怀里，骑马走过雪山；趴在爸爸的肩上，看河狸“盖房子”、啃树枝……

每一天，爸爸都会为她翻开崭新的“自然童话书”，跟她讲憨态可掬的蒙新河狸、纵情驰骋的普氏野马，还有怒目圆睁的野牦牛……爸爸告诉初雯雯，河狸被称为“动物界的建筑师”，会“建水坝”“盖别墅”，为其他水生动物及鸟类提供栖息地，是世界上除人类外，唯一能通过营造小环境来改善大环境的动物，能促进生态系统的良性循环……

初红军还带着初雯雯去野外观察，教她骑马、使用望远镜。初雯雯很小的时候就已经了解了野外考察的整个流程。初雯雯7岁那年，爸爸送初雯雯一台单反相机，让她自己打点行囊，拿起导航仪、风速仪，然后跟着团队，开始野生动物拍摄之路。

与爸爸一起工作的时光很幸福。初雯雯翻越一座座山脉，记录盘羊求偶期打架的身影；踏过卡拉麦里的热土，追寻野放普氏野马的踪迹……这一切都让她感受到了自然的神奇与伟大。

然而，2009年，新疆遭遇60年不遇的大雪灾，数以万计的动物因为找不到食物，不幸死去。野外救灾团队将这些尸体扛回动物保护站统一处理，初雯雯就在团队中。那些天，初雯雯扛着死去的黄羊往车上走，总是忍不住泪流满面。

每一次追踪与救助，都让她更明白保护野生动物的意义，为此奋斗一生的种子在她心底生根发芽。

回归自然

然而，野外的环境远比我们想象的难熬。有一年，初雯雯为了拍摄天鹅，在野外蹲守整整一天，真正感受到了天寒地冻，忍不住吐槽："以前以为被冻吐是玩笑，这次我真的体会到了。"

一次，一只被成功救助的雪豹要被放归自然，初雯雯想记录这个画面。当时，她趴在山坡上，把自己藏在灌木丛里。谁都没想到，雪豹走着走着，突然拐了个弯冲初雯雯过来了。初雯雯狂按快门，一边按一边想："它这几天吃得还不错，应该不饿。"好在雪豹走到离初雯雯几十米的地方，又转了个方向走了。初雯雯跟队友说："我刚刚一直在想，如果它走到我跟前来了，我一定要狠狠摸它两把再离开这个世界。没想到，它竟然走了。"

2017 年，初雯雯硕士毕业，身边很多同学都选择留在北京。初雯雯已经找到了一份稳定的工作，原本也可以留在北京。可每每想起在大自然里看植物、找动物的日子，她就觉得无比怀念。

于是，她做了一个决定，回归她热爱的自然。辞职前，初雯雯给父母分别打了一个电话。初红军沉默了许久，问："想好了吗？"初雯雯坚定地回应："想好了。"听到女儿态度坚决，初红军心中五味杂陈，没人比他更了解野外生存的危险和艰苦。作为一名父亲，他真的要眼看着女儿踏上自己的老路吗？可最终，他还是对女儿说："你的事情自己决定吧，爸爸没意见。”初雯雯原以为妈妈会反对，没想到妈妈也没意见。

事实上，很长一段时间，初雯雯的妈妈都很难接受自己的丈夫和女儿常年扎根野外。无数个漫漫长夜，她都会因为思念和担心他们而睡不着觉。可父女俩视野生动物为生命，一天不和它们在一起就浑身不舒服。所以，她只能选择支持。

就这样，初雯雯回到阿勒泰地区，然后，奔走在全国各地，追寻着野生动物的足迹，用相机让更多的人看到大自然的美丽。与此同时，她考取了博士研究生，研究方向就是河狸保护。

然而有一年，初雯雯在伊犁拍摄天鹅时，忽闻噩耗，妈妈哭着对她说：“雯雯，你姥爷突发脑梗，你赶紧回来吧！”初雯雯悲痛欲绝，以最快的速度赶回家，可终究没能见上姥爷最后一面。这件事对初雯雯打击很大，自己觉得愧对深爱她的姥爷。姥爷走后的一年里，初雯雯不停歇地外出拍摄野生动物，每天开着吉普车行驶在泥泞崎岖的山路上。

初红军不忍看女儿如此消沉，对她说：“我特别理解你的感受，因为我也经历过这样的痛苦。记得当年你奶奶去世时，我正在野外监测野生盘羊，一直在山里，手机一点信号都没有，还是同事骑马进山找到了我，我才知道你奶奶突发心脏病去世了。当时，我整个人都崩溃了。我来新疆那么久，其间只回过一次山东，谁承想，第二次回去竟是给你奶奶送行……”话未说完，初红军声音就哽咽了。初雯雯也鼻子酸酸的。她依稀记得，奶奶去世后那段时间，爸爸的情绪特别低落。此后，他去野外都格外拼命，仿佛越拼命，越能抹掉内心的伤痛。可只有他们自己知道，那种伤痛即使结了痂，也会不时发作，让人难以承受。

背后有爱

自此之后，初雯雯对生命有了新的感悟。从前，因为常年忙于工作，初雯雯很少陪伴和照顾家人，这让她一直很愧疚，想要弥补。虽然不能常伴家人身边，但初雯雯总要想尽办法将爱远程传送给家人。

2018年年初，初雯雯听说乌伦古河一带的河狸频频受伤、死亡的消息，从小和河狸一同成长的她很心痛。在进一步走访调研后，初雯雯发现，我国最后的162个河狸家族岌岌可危：它们的栖息地乌伦古河两旁许多区域的灌木柳被消耗殆尽，有的地方甚至连一棵灌木柳都没有了。究其原因，河谷林地不单是河狸栖息地，也是牧民们世代生活的地方，双方对河谷林里灌木柳的消耗日积月累，使得乌伦古河生态环境逐渐恶化……

为了更好地保护河狸，2018年，初雯雯成立了阿勒泰地区自然保护协会。她通过互联网发起野生动物保护公益项目“河狸守护者”，邀请牧民参与保护河狸的行动；通过众筹方式号召大家省下奶茶钱，为河狸种植灌木柳，建造“河狸食堂”；还开设“河狸直播”，举办“野生动物见面会”，让更多人成为“河狸守护者”。

这些活动说起来容易，要付之于行动却是难上加难。在哪里种树比较合适？什么方法能够提高存活率？怎样让牧民也参与进来……种种问题叠加在一起，初雯雯感到很棘手。

就在这时，初红军出现在初雯雯眼前。爸爸像小时候那样，带着她查阅许多文献，研究灌木柳的种植方法；又带着她去拜访一些林业专家，然后一起去河谷考察，对不同的地方进行分析以确定地块。初红军还带着女儿徒步走访了725公里长的乌伦古河流域，找到他当年工作时认识的牧民。他们动情地说服牧民成为种树工人，通过种树来赚牧草和钱，并保护种植的树不被家畜啃食。

在父女俩齐心协力的努力下，他们成功动员了当地190户牧民参与到自然保护工作中来，缓解了自然保护人才不足的问题。终于，在牧民和网友后援团的帮助下，初雯雯为河狸种下了42万棵小树苗，大大缓解了蒙新河狸缺乏食物和栖息地的状况。

2020年8月，在红外摄像机的镜头前，河狸宝宝挪动着身子，从河里游上来，抱着一根大家种的树枝啃了起来，吃饱后，它揉了揉肚子，挤出河狸香，和进泥巴滩，做出一个气味堆。这意味着河狸宝宝们拥有了更大的家园。

2021年10月11日，初雯雯受邀参加联合国《生物多样性公约》缔约方大会第十五次会议。在开幕式上，初雯雯作为中国青年代表向世界讲述了中国青年对自然保护的态度，收获众多好评。2022年5月，初雯雯荣获第26届“中国青年五四奖章”。面对荣誉，初雯雯说：“我想用我们的努力，让更多有梦想、有爱心的年轻人汇聚于此，为保护大自然散发光与热。”

如今，阿勒泰地区生机盎然。站在山顶，看着植物欣欣向荣、努力生长，野生动物生机勃发的景象，爸爸喜悦地对初雯雯说：“好呀，今年的草很好，动物们也会很好的！”

（摘自《读者》2023年第17期）

归与，归与

袁汝婷　谢　樱

建一座书院

湖南省邵阳市隆回县小沙江镇江边村，是一个位于高寒山区的瑶汉杂居村，神秘的花瑶世代生活在这里。年少的黄勇军走出大山，北上求学，漂洋过海，在不惑之年又回到这里。

妻子米莉是他的同窗。19 年前，还在读大三的陕北姑娘米莉，跟着男友黄勇军回到他的家乡湖南省隆回县小沙江镇，见到了她从未曾见过的风景。

从此，小沙江成了黄勇军和米莉共同的眷恋。

2014 年，已在高校任教的夫妻俩赴欧洲访学，导师将他们带到一个庄园。白天他们和当地农民一起挖土豆、摘葡萄、做果酱、酿红酒，夜晚在星空下喝着啤酒，聊着天。

“那样的生活让我们明白，乡村不是落后的天地，而是有生命力的生长空间。”黄勇军和米莉决定，要在故乡那个偏僻的村庄里“做一件有意义的事”。

“中国儒家志士的理想是用知识的力量教化人，那也是我们想做的。”20多年前考出瑶山的黄勇军，带着妻子米莉回来了。他们决定，要在有三四百户、一千余人的小沙江镇江边村，做一个乡村文明的教育实验。

夫妇俩苦口婆心地说服了家中老人，自掏腰包将破旧的祖宅拆掉重建。2019年年初，他们在海拔1300多米的江边村“黄家院子”，建起一座书院，取名“归与”。

归与书院的课堂主要分为两部分，一是在寒暑假、节假日和课余时间，面向大瑶山里的孩子开设免费的公益课堂；二是主要面向城市家庭开设的研学项目，收取食宿等基础费用。

“我们希望，父母不在身边的孩子，放学了、放假了还有地方可去，有人陪伴，有知识可学。”黄勇军说。

瑶山孩子的渴望

2019年7月，归与书院正式开院。

开院前一天，黄勇军的母亲在江边村的3个自然组吆喝了一声。夫妇俩心里没底，能来多少个孩子？他们俩估摸着，有30个就很好了吧。

第二天清晨6点，睡梦中的米莉被叽叽喳喳的声音吵醒。她披上衣服来到书院大门口一看，一些孩子正聚在门前笑闹，等着开院。

黄勇军也清晰记得那个早晨：高矮不一的孩子沿着阡陌交错的田垄，从四面八方跑来，有的还是小不点儿，有的个头已蹿得很高。他们跑到书院门前，气喘吁吁，脸红扑扑的，又有些害羞，喊一声“老师好”。

“你看见了吗？这是瑶山孩子的渴望。”看着成群结队奔向他们的孩子，黄勇军轻轻对身边的米莉说。

可是，教什么呢？

归与书院的学生，年龄从上幼儿园的到读高中的皆有，最多时一天来了137个孩子。只要开班，平均下来也有五六十人。没有哪一册课本适用于这样的课堂。

于是，来自高校的支教青年志愿者们纷纷拿出手头的“绝活儿”。电影、动漫、音乐、诗词、插花……他们搭建了一个山里孩子几乎未曾接触过的世界。

米莉介绍，公益课堂有两种常规课和一种灵活课：一是从每学期放假前一个月开始，支教志愿者在孩子们放学后，陪伴和辅导他们写作业；二是寒暑假的作业辅导和兴趣班；三是针对有专业技能的志愿者团队，比如音乐、美术、体育等，会根据志愿者的特长不定期开班。

“无论你教什么，他们都很高兴。”支教志愿者、“95后”研究生杜秋悦说，山里的孩子特别容易满足，“如果你走进教室说‘今天我们一起画画’，你会立刻听见一阵惊喜的欢呼，‘哇，老师，是画画课呀！’”

黄勇军说，有时，他们会专门用一堂课的时间，教山里的孩子防诈骗、坐地铁，甚至如何在车流穿行的十字路口过马路。因为他至今还记得，年轻的自己考出大山去城市时，心底的那份无措和慌张。

“我们的课堂，就是想打开瑶山孩子的眼界，让他们知道城市是什么样的，城里孩子在做什么，如何在城里生活。”黄勇军说，“我们就想让他们‘见过’。”

“见过”，是无法用学费来衡量的一份礼物。而黄勇军和米莉决定，所有面向瑶山孩子的课堂，分文不取。

最好的课堂

对城里的孩子而言，归与书院有截然不同的意义。

开院不久后，书院也迎来了第一个城市亲子研学团，有十几个家庭，来自全国各地。支教志愿者吴倩记得，孩子们走下大巴就开始噘嘴。“有的嫌脏，有的什么也不想干，很多孩子隐隐有着优越感。”

因此，书院制定了一项规则，暂时收掉他们的手机和平板电脑。几天时间，黄勇军、米莉夫妇带着家长和孩子，戴上草帽，拿起镰刀、锄头、扁担，去山上砍竹子，围篱笆，然后挑选孩子们喜爱的蔬菜种子，开垦出小小一块土地种下……每到夜晚，他们会燃起篝火唱歌、跳舞，在海拔 1300 米的小沙江，抬起头看漫天繁星。

也不是没有家长质疑过。有人问黄勇军：“你们的研学项目，课程很好，收费也低，但有一个缺点，就是没有时间安排固定的课表。”

“归与书院不是学习辅导班。农村就在这里，山水就在这里，这就是最好的安排。”黄勇军说，“就像我们带孩子去看打稻谷，遇见了劳作的农民，就有这门课，没遇见，就只能观察别的。怎么制作课表呢？”

于是，就有了这样的“归与课堂”：

> 白天看日出，夜晚观星辰；走过交错的田埂去看云彩和清风嬉戏，去追太阳投下的光影；跑上山坡摘野花，回来再上一堂插花课；在篝火边围坐，听某一颗行星的故事……

在黄勇军看来，许多城里孩子背负着“过度教育”的负担。在快节奏的学习和培训中，对“立竿见影”效果的追求，远远大于对学习本身的享受，而孩子的焦虑往往是家长焦虑的投射。

除了让山里孩子“见过”，夫妇俩的另一颗初心是——让城里的孩子知道，世界上有一种踏实而绵长的喜悦，是春天种下种子，秋天才能收获。

每个生命都有光

一头是资源匮乏，一头是负荷过度。而在一座连接城市与农村文明的小小书院里，黄勇军和米莉看见了教育的千万种可能。

许多志愿者都记得，曾有几位染发、戴着耳钉的乡村少年，坐在书院教室的后排，眼神里满是叛逆和迷茫。他们在讲诗词赏析的文学课上昏昏欲睡，却在清理河道的环保课上一马当先，是那样积极、热情、可爱。

“在大山里建一座书院，我们不是给予，更不是施舍，而是去看见。”米莉说，“教育是发现，发现每个生命都有光。”

什么是生命里的光？

米莉说，孩子的世界有最本真的快乐，拿着一根竹竿，和小伙伴在院子里追鸡赶鸭，就可以跑上一整天。

生命的光，在天生的好奇心里，在遇见和认识世界的过程中。“我们相信，有了对生命最朴素和旺盛的热爱，无论孩子去了哪里，都会活得很好。”黄勇军说。

最近，归与书院开启了留守儿童“放学后守望”计划，村里那些父母不在身边的孩子，放学后有了写作业、看书、弹琴、学知识的去处。为了实现常态化运转，他们同步开启了“留守妈妈”计划，让在家中留守的妇女来到书院，和志愿者一起照看这里的孩子。

黄勇军和米莉，常常想起多年前回到故乡的场景。那是一个草长莺飞的春天，大山里生机勃勃，孩子们的眼中，却隐隐有一种蔓生的“荒芜”。

“归去来兮！田园将芜胡不归？”

归与，是一座山村书院的乡愁与理想。黄勇军说，他们在挖一口井，如果书院能长久地活下去，井水就能汇入江河湖海。

“我们想知道，一口井，有没有汇入深海的力量。”他说。

（摘自《读者》2022 年第 19 期）

孤独之妙

丁小村

1

嵇康在洛阳街头打铁。

1700多年后，有一种铁器就叫洛阳铲，不知道嵇康跟这件铁器有没有关系。我常常会想一个问题：嵇康打铁，到底打了些什么？

我猜他肯定不会打刀剑，不会打农具，八成会反复打造一把小铲子，这玩意儿更像一个玩具——就好像重返幼儿时代，孩子们喜欢用它在时光的沙滩上挖呀挖，自得其乐。

打铁这活儿，适合孤独的人干。

小时候我经过铁匠铺，总会看半天：通常是一对师徒，你一锤我一锤，在铁砧上敲打着通红的铁块，他们赤裸的上身湿漉漉的，闪烁着汗珠子的光泽。

让我深感意外的是：这对奋力敲打的师徒，几乎从不说话——他们默默地捶打着铁块，直到把它变成一把锄头，或者一只锅铲。

2

李白狂傲，敢说："古来圣贤皆寂寞，惟有饮者留其名。"

李白怎么度过孤独的时光？他看山："众鸟高飞尽，孤云独去闲。相看两不厌，只有敬亭山。"

你们爱飞多高飞多高，我跟山做朋友总可以吧？你们不喜欢我，我也不喜欢你们——对一个孤独的人来说，不能打铁，那就看山。

3

看山这事儿还有一个人爱干，辛弃疾。

"我见青山多妩媚，料青山见我应如是……不恨古人吾不见，恨古人不见吾狂耳。知我者，二三子。"每次读辛弃疾的诗句，我只有一个疑问：那"知我"的"二三子"是谁？我怀疑其中一定有李白。这两个人有很多共同的爱好：都喜欢仗剑，都喜欢远游，爱喝酒，爱写诗；除此之外，他们都狂傲而孤独。

别人享尽荣华富贵，他们享尽孤独寂寞。别人夜宴欢饮，他们独对青山。别人成群高飞，他们欣然独往……就在孤独中，他们得到了某种自由。

4

伟大的智者如博尔赫斯，他已经看淡繁华，看透虚浮。

博尔赫斯生前是国家图书馆馆长——这大概是世界上最不需要繁华热闹的官职。

博尔赫斯心里几乎装了一整座图书馆。每次读他的文字，我都会感慨，人世间怎么会有这样的人！他博学睿智，脑子里不但装下了世界的往昔，还创造出属于自己的奇妙的小说和诗歌世界。

当然并非他的脑子特别复杂，而是他习惯了这种安静的生活，把孤独变成人生的财富。与朋友谈到博尔赫斯时，他说："当看到他和猫在一起的照片时，我觉得他内心孤独而温柔。"一个老人和一只猫。一个人和一座图书馆。一个作家和孤独。

我想起一个打铁的人：他把孤独锻造成人生的玩具。

（摘自《读者》2021 年第 21 期）

他对生活撒了一点儿谎

查　非

桑贝先生是全世界最出名的淘气鬼。他出生在法国西南部城市波尔多，上小学的时候就已经成为全体老师的“敌人”。他在淘气这件事上非常用功——每天按时来学校，很少迟到，从不早退，准时上每一堂课，然后，努力捣乱。

这就是童年的桑贝，像一辆开足马力的碰碰车，每天认真练习自己的淘气。但是学校里的人都很喜欢他，他的成绩不好，但他总是很快乐，喜欢逗所有人开心，每天都有讲不完的故事。他让同学称呼他“德·桑贝”，一个贵族式的名字。他最喜欢分享的话题是“我家的美好夜晚”，好像每天放学回家都有开心的事等着他——美味的晚餐、外国的趣闻，还有快乐的钢琴练习。他会在集体出游的时候让大巴车停下来，因为他的爸爸马上要上一档电台节目，他必须下车，到附近的人家里听广播。

日子久了，他的故事渐渐变得不大对劲。起初同学们只是纳闷，为什么桑贝从来不邀请他们去家里玩，他的爸爸从没有出现在任何节目里，“德·桑贝”也是一个不存在的贵族名字。他们去少年之家玩耍，那里有一架钢琴，桑贝讲了那么多和音乐有关的故事，可坐在钢琴前，他竟然是用一根手指弹钢琴的。

他家的邻居修正了桑贝的故事。桑贝家里既没有钢琴，也没有“美好的夜晚”，那里住着贫穷的小商贩一家，每晚上演的都是闹剧——酒瓶砸在墙壁上的碎裂声，小孩子的哭声，女人的尖叫，醉汉的嘶吼，还有打在小桑贝脸上的响亮耳光。

桑贝喜欢上学，因为只有离开家，去一个完全陌生的地方，他才能短暂忘记家里的所有悲剧，创造一个只有快乐、没有暴力的谎言世界。

在真实的生活里，小桑贝没有朋友，他必须伪造一种美好的生活，唯一能给他慰藉的伙伴是家里的收音机。每天晚上十点半，等父母吵架结束后，他就从房间里溜出来，沿着长长的楼梯来到楼下，把耳朵贴在收音机上，收集快乐。

收音机里有一个他喜欢的世界。他从收音机里第一次听到的音乐——他记了一辈子的一首歌——是雷·范图拉演绎的《我们期待的幸福是什么样的》。

“我一下子就喜欢上了它，这就是幸福啊！”桑贝说，“收音机曾是我活下去的理由。通过广播，我可以逃离现实，可以去想些别的事情，去爱一些人。我很爱听广播，因为我觉得它拯救了我。”

12岁那一年，桑贝开始重写自己的童年。他把广播里的声音默默记下来，然后敲打身边所有能敲打的东西，寻找那些熟悉的曲调。他敲过鞋盒，敲过木头箱子，琢磨怎么复现爵士乐里的声音，周围的人都觉得他疯了，只有他知道自己的目标。其实他如果能上音乐课，学一门乐器，这些目标会更容易实现，但是他的童年底色是贫穷，他只能自己想办法，在有限的生活里建立一种可行的美好。

事实证明，再窘迫的人生也会有出路。没人教过他指法，他也不懂乐理，但只要见到钢琴，只要给他足够的时间，他能用一根手指一个音一个音地摸索着弹出自己喜欢的曲子。在少年之家的钢琴上，他找回了自己从广播里听到的曲子，用一根手指弹出了格什温的《爱人》。后来他在访谈里常常说起这一幕，这首歌就这么漂洋过海地来到他的手指下，这是人生中最让他陶醉的一个下午。

他的家里永远不可能有一架钢琴，于是他找来一张纸、一支笔，开始画画，在稿纸上展现自己想象中的美好世界。他最早的作品是一个用尾巴拖着平底锅的小狗，它没有家，一直在街上流浪，晚上窝在平底锅里睡觉。他还画了很多小孩子的童年，全都不符合他的生活现实，里面的孩子淘气却快乐，一边闯祸，一边笑着奔跑。

桑贝的所有谎话都有一个共同特征——它们除了让自己开心，毫无用处。他没有用谎言骗取利益，也没有伤害过其他人。他的谎话只对自己有效，其实他在用一个想象中的世界作为目标，给自己打气——看，我也可以有美好的生活。

14 岁那一年，桑贝辍学了。他其实考上了美术学校，但因为家里没钱，他根本没去注册报名。只有初中学历的桑贝干过很多苦差事，推销牙膏，骑自行车给人送酒，后来谎报年龄参了军，却因为常常在执勤的时候画画被关禁闭。到了 23 岁那一年，他才找到人生方向。那时候的他给报社画插画，认识了编辑勒内 · 戈西尼。戈西尼很喜欢桑贝的画——里面总有一个淘气的小男孩，什么调皮捣蛋的事儿他都做过。因为戈西尼的鼓励，桑贝开始专心画小孩子，成为一个画童年生活的漫画家。

童年做过的淘气事都变得有意义了。桑贝的一部分童年直接变成了《小淘气尼古拉》。和桑贝一样，小尼古拉也是一个淘气鬼，他敏感、善良，喜欢幻想。他在学校里有一群小伙伴，他们一起踢足球，一起奔跑，经常闯祸，也经常开怀大笑。把这些画在稿纸上的时候，桑贝那些苦涩的回忆似乎没那么让人心酸了。漫画里的孩子依然会挨大人的耳光，漫画里的妈妈也总是瞪着眼睛发脾气，但它们变成一种叫幽默的东西，不再让人感到疼了，反而教人咯咯笑起来。

每天晚上睡觉前，桑贝还是会像小时候一样，幻想另一种生活。他最常做的一个梦是这样的：星期五晚上，所有的朋友都来他家做客，艾灵顿公爵、拉威尔和德彪西，大家聚在客厅里聊天。他家里有好多架钢琴，人们各弹各的，还没完没了地聊着音乐。有一次连达·芬奇都来了，在大门口用一根小铁丝撬门。达·芬奇在梦里对桑贝说，他已经画好了《蒙娜丽莎》，现在他也想试着画一画幽默小漫画。

桑贝总在幻想一种美好的生活，他改不掉这个从小养成的习惯，这一度让他感到不安，直到他发现了一个秘密：原来每个人都是这样生活的。

他问过很多人，你的童年好不好？结果让他非常意外，每个孩子都苦闷过，无一例外。没有人拥有完美的童年。他的童年没有钱，什么都靠自己摸索，他游泳不好，拼写总出错，不懂得社交礼仪，画画也不懂技巧，不知道怎样才能让水彩纸不翘起来。他希望有人教他游泳，教他规矩，他渴望受管束的生活，但真的长大了才知道，活在规矩里的孩子也有自己的烦恼。

桑贝给女儿买了一架钢琴，他想给她自己没拥有过的童年。他看得出女儿非常有天赋，钢琴老师也很看好这个小天才，可是女儿并不开心。

有一天上完钢琴课，女儿盖上琴盖，非常认真地宣布：“我就想做一个普通的小女孩，音乐到此结束。”完美生活似乎是不存在的。每个孩子都有烦恼，每个大人也一样。桑贝向往城市，喜欢大都市的街道，喜欢高跟鞋踢踢踏踏的声音，喜欢傍晚街灯齐刷刷亮起来的时刻；但真的在巴黎定居后，他才清楚地意识到，大人的生活里有很多疲劳的时刻，大都市不总是温柔地对待每一个人。凛冽的寒冬到来的时候，摩天大楼之间的过道风要比乡村田间的更刺骨。

“为什么人们总能把美好回忆收藏起来？我见过很多童年过得凄惨的人，但也正是这些人，回想过去的时候总会露出某种微笑。人并不总是幸福的，但每个人总有办法让自己幸福一点儿。”这些感受成为桑贝的创作理念，他从不相信那些强调真实的理论，也不追求精准，他继续画自己理想中的美好画面，画给大人看。他画的是自己想象中的城市生活，里面也都是温暖的谎言。城市里有凛冽的风，冷漠的人情世故，钢筋水泥筑成的残酷生活。但在他的画纸上，小女孩在高楼林立中的阳台上练习芭蕾舞；提着公务包的中年人解开了领带，昂起头迎接吹来的风；空无一人的儿童乐园里，秋千上坐着戴眼镜的推销员，他正歪着脑袋看太阳。

对自己的人生撒一点儿谎，好像也不是一件坏事。

出名之后，童年的很多梦想成真了。那些在黑暗日子里支撑他活下来的名字，在他的生命里开始变得具体。他在纽约办新书发布会，艾灵顿公爵的妹妹专程来参加，跟他讲了很多哥哥的故事。后来，他在聚会上见到了艾灵顿公爵，还和他一起弹了钢琴。他也见到了法国爵士钢琴家雷·范图拉，但他只面对着他的背影站了一会儿，没有去打招呼。后来他解释说，如果走上前问好，自己一定会哭起来。这个人的音乐拯救了小时候的自己，但是他就只是看着童年偶像的背影，什么也没做。

这是成年桑贝学到的最重要的道理——活着是一种欲言又止的艺术。人生也可以活成一串省略号，让遗憾和幸福共存，现在这样就很好。

晚年的桑贝总在听音乐的时候，想起童年，想起父母，他总是忍不住哭起来。其实，他在很小的时候就体谅了父母的难处。晚年的桑贝在访谈中一遍遍地说："我不怨他们，他们已经尽力了，是我就这样闯入了他们的生活，这不是我的错，也不是他们的错。我父母真的已经尽了贫困家长所能尽的义务。我对他们没有埋怨，一点儿也没有，能做的他们都做了。"他其实很喜欢自己的父亲。他从小就明白，父母只是普通人，靠卖肉酱罐头挣一点儿钱养家，累了想要喝一小杯开胃酒，父亲的酒量很差，母亲的脾气火暴，这让一家人的生活陷入悲剧，但他们只是被贫穷困住了。他做小孩子的时候没法逃脱童年的烦恼，做父母的大概也没法逃脱他们的烦恼。毕竟，大家都是平凡人，而非童话里的英雄。

只是现在已经没有人能看出，桑贝有一个不快乐的童年了。他的作品陪伴全世界许多人长大，他们和小尼古拉共同度过了淘气的童年。桑贝也重写了自己的童年，他把女儿的钢琴课退掉，过了一阵子，他把钢琴搬到自己的房间，请了老师，自己上钢琴课。他学会的第一首曲子是格什温的《爱人》，几十年过去了，他依然记得每一个音。

"只有在人身上，痛苦和快乐会同时存在。"桑贝喜欢这句话，这是他从一个法国戏剧家那里学来的道理。人是一种奇妙的动物——人总是要快乐，如果不快乐，人就活不下去；但人也总感到痛苦，人活着就有无法慰藉的痛苦。人很勇敢，也很懦弱；人很成熟，也总是幼稚。只有人，会不惜一切代价活下去。

桑贝先生在 2022 年的秋天到来之前去世了，享年 89 岁。他这一辈子讲过很多谎话，可是仔细盘点它们又会发现，当他跟这个世界告别的时候，谎话里的很多细节已经变成事实：让－雅克 · 桑贝活着的日子里，学习了钢琴，听了很多场音乐会，交到了很多好朋友，拥有很多名副其实的“美好的夜晚”。所有看过他的作品的读者都可以为他证明，这个人的一生拥有友谊、才华、欢笑和爱，还有一个温暖的童年。

（摘自《读者》2022 年第 24 期）

当 下

张晓风

“当下”这个词，不知可不可以被视为人间最美丽的字眼？

她年轻、美丽、被爱，然而，她死了。

她不甘心，这一点，天使也看得出来。于是，天使特别恩准她遁回人世，并且可以在一生近万个日子里任意挑一天，去回味一下。

她挑了十二岁生日的那一天。

十二岁，艰难的步履还没有开始，复杂的人生算式才初透玄机，应该是个值得重温的黄金时段。

然而，她失望了。十二岁生日的那天清晨，她的母亲仍然忙得像一只团团转的母鸡，没有人有闲暇可以多看她一眼，穿越时光回奔而来的女孩，惊愕万分地看着家人，不禁哀叹：“这些人活得如此匆忙，如此漫不经心，仿佛他们能活一百万年似的。他们糟蹋了每一个‘当下’。”

以上是美国剧作家怀尔德的作品《小镇》里的一段。

是啊，如果我们可以活一千年，我们大可以像一株山巅的红桧，扫云拭雾，卧月眠霜。

如果我们可以活一万年，那么我们亦得效仿悠悠磐石，冷眼看哈雷彗星以七十六年为一周期，循环而至。并且翻览秦时明月、汉代边关，如翻阅手边的零散手札。

如果可以活十万年呢？那么就做冷冷的玄武岩岩岬吧，纵容潮汐的乍起乍落，浪花的忽开忽谢，岩岬只一径兀然枯立。

如果真可以活一百万年，你尽管学大漠沙砾，任日升月沉，你只管寂然静阒。

然而，我们只拥有百年光阴。其短促倏忽，只如一声喟然叹息。

即使百年，元代曲家也曾给它做过一番分析，那首曲子翻成白话便如下文：

> 号称人生百岁，其实能活到七十也就算古稀了，其余三十年是个虚数。

更何况这期间有十岁是童年，糊里糊涂，不能算数。后十载呢？又不免老年痴呆，严格来说，中间五十年才是真正的实数。

而这五十年，又被黑夜占掉了一半。

剩下的二十五年，有时刮风，有时下雨，种种不如意。

至于好时光，则飞逝如奔兔，如迅鸟，转眼成空。

仔细想想，什么都不如抓住此刻，快快活活过日子划得来。

元曲的话说得真是白，真是直，真是痛快淋漓。

万古乾坤，百年身世。且不问美人如何一笑倾国，也不问将军如何引箭穿石。帝王将相虽然有他们精彩的脚步、犀利的台词，我们却只能站在此时此刻的舞台上，在灯光所打出的表演区内，移动我们自己的台步，演好我们的角色，扣紧剧情，一分不差。人生是现场演出的舞台剧，容不得再来一次，你必须演好当下。

生有时，死有时
栽种有时，拔毁有时
……
哭有时，笑有时
哀恸有时，欢跃有时
抛有时，聚有时
寻获有时，散落有时
得有时，舍有时
……
爱有时，恨有时
战有时，和有时

以上的诗，是号称“智慧国王”所罗门的歌。那歌的结论，其实也只是在说明，人在周围种种事件中行过，在每一记“当下”中完成其生平历练。

“当下”，应该有理由被视为人间最美丽的字眼吧？

（摘自《读者》2023 年第 1 期）

艰辛与成全

李会鑫

一连几个下午，我都在菜市场见到她。

她看上去有60多岁了，齐肩的头发已经花白，参差不齐地垂下来，看上去平时也不怎么打理。此时，她正蹲在地上，小心翼翼地整理眼前用蛇皮袋垫着的几把空心菜和几根黄瓜。6月的下午，外面像蒸笼一样，她虽然戴了草帽，脸上还是流了很多汗。

我在想，就这么点东西，全卖了也不过十几块钱，值得她吃力地蹲一下午吗？我拿了一把已经有点蔫的空心菜让她称重。她马上帮我换了一把好的放进塑料袋，然后收了我1.5元钱。我知道那把蔫的很难再卖出去，于是执意要和她换一下。几经推辞之后，她同意了，对我说了句“你人真好”。我问她为什么卖这么少。她说这都是自家种的，现摘现卖，摘多了卖不出去，自己也吃不了那么多，怕浪费了。我再问她，这一天下来能卖多少钱。她叹了口气，说自己无儿无女，丈夫腿脚不便，也不指望能卖多少，有个十几块钱去买点肉也算过日子了。“日子不就是这样过的吗？”最后，她还说了这么一句，像在问我，又像在自言自语。

现在已经是2020年了，这30年间发生了翻天覆地的变化，我以为大家的生活水平都提高了很多，没想到还有人过得这么艰辛，十几块钱就是一天的收入。

我上小学和初中的时候，感觉每个人的家庭都很相似，没有谁穿得特别好看，也没有谁吃得特别丰盛。可是到了高中，我忽然发现人与人之间有着巨大的差距。有个同学家境富裕，开学的时候父母开着轿车把他送到学校，帮他把各种名牌鞋子和衣服搬进宿舍，生怕孩子受半点委屈；有个同学全家的收入就靠三四亩水田和几十只鸡鸭，父亲来学校送伙食费的时候手里还拿着蛇皮袋，要顺便买些饲料回去。

这是多么明显的差距啊！同样是40多岁，一个雄姿勃发，一个步履蹒跚；一个开高档轿车，一个连鞋子都是破的；一个夹着高档皮包，一个拿着装饲料的蛇皮袋。那位拿着蛇皮袋的父亲趁着周末人少，从教室后门小声地把儿子叫出去，在楼梯处快速地把伙食费塞过去就转身离开了。他没有半点迟疑，也没有回过头看一眼。很明显，他不愿意让别人知道自己的家境，怕儿子被别人看不起，更怕儿子从此在精神上觉得比别人矮一截。在我们这个上百万人口的大县，学生非常多，正是他的儿子，在全县的统考中取得了第一名。我碰巧走上楼梯，看到整个过程，对他和他的儿子充满了敬意。

以前我不理解为什么学生要穿上统一的校服，看到这些家长后才发现这是多么英明的决定。同样的衣服让被裹着的灵魂看上去更加平等，家庭富裕的学生无法炫耀，家境贫寒的学生无须自卑。特别是对家境贫寒的学生而言，学校通过这个体面的办法让他们无须过早地面对人与人之间的差距，维护了他们的尊严，也维护了他们对未来生活的希冀。

然而人总是要成长的，总有一天要面对原生家庭的差别。2010 年我在北京求学，听说我们班有女生买一套化妆品就花了 3000 多元，而就在那时，我亲眼看到有男生去食堂就打了 3 两米饭和两个馒头，连青菜都舍不得买一份。我的家境不算富裕，但是足够维持生活。看到那个男生趁着人少独自坐在食堂的角落，喝着免费的玉米汤啃着馒头，我忍不住一阵心酸。如果可以选择，谁愿意无缘无故受苦呢？

在任何时期，总有一部分人的生活比别人的多一些艰辛。古人曾喟叹“富者田连阡陌，贫者无立锥之地”“一丛深色花，十户中人赋”。鲁迅在《小杂感》中也曾感慨：“楼下一个男人病得要死，那间隔壁的一家唱着留声机；对面是弄孩子。楼上有两人狂笑；还有打牌声。河中的船上有女人哭着她死去的母亲。”

我看见有些人由于家境贫寒没办法完成学业，想摆脱贫困却没有一技之长；有些人天生残疾，却要肩负起一家人的生活；有些人年老体弱，迈开一步就用尽全身力气。我希望这个社会“老有所终，壮有所用，幼有所长，矜寡孤独废疾者，皆有所养”，因此有时候会恨自己没有能力帮助他们改变命运，甚至没办法让他们相信人生会迎来转折。

我羡慕那些不需要负重前行的人。他们在家人建造的乐园中愉快地成长，身边从不缺温情的陪伴和坚实的臂膀。在其他人历经风雨时，他们最先看到的却是彩虹。他们也会表示同情、忧虑和安慰，但是他们很难切身体会揭不开锅的家庭忽然得到一块肉时的惊喜和满足。我们有时候会觉得他们不通人情世故，然而我们不得不承认，他们过的就是我们向往的生活。虽然岁月的艰辛可以锻炼人，但谁不希望被温柔相待呢？

在人群聚集的地方，我经常会观察一些人，从他们的皮肤和皱纹中想象他们来自什么样的家庭，有过什么样的经历。我对那些凭借坚忍不拔的努力而逆天改命的人有一种天然的好感，因为他们本来的处境是很容易让人陷入绝望的，而他们克服了各种各样的磨难，完成了人生的救赎。

我从小就喜欢大团圆的结局。我希望命运有艰辛就有成全，希望疼痛会孕育出珍珠，希望波澜会锻炼人。我那位家境贫寒的高中同学，后来考上了国内一流的大学。听到他被录取的消息，我忽然鼻子发酸，感觉自己的人生也得到了成全。对于他的家庭，前面有多少看不到头的艰辛，后面就会有多少持久的满足。

我期待有一天，来自不同背景的人能彼此笑着打招呼："嘿，原来你也在这里！"

（摘自《读者》2021 年第 21 期）

母亲最后的房子

止　庵

2002年，母亲自己买了一套房子，待装修好入住，已是转年头上，那时她整整八十岁。这是她晚年最大的一件事。

将近二十年前，她在日记里一再写道："什么时候，我能有一间北屋，有大玻璃窗，让阳光普照在我的花上，让我清清静静地度过晚年。"

最终可以说，她是在现实的意义上实现了弗吉尼亚·伍尔夫讲的"一间自己的屋子"。

母亲给姐姐写信说："学校说给我钱购房，实在是太晚了，我都快八十岁了，所以我把新房装修好了，我自己住住，自在几年，以后如何，再说吧。过去二十多年所受的苦，那是无法补偿的，青春年华一去难返。我也和他们说，我能活下来，就已经很不错了。

"这个家得来不易，花了我不少心血，又有多件舍不得的物件，期望能在这里多待些日子。”

她在那里住了四年半，生病了；又过了三年，病重住院，再没回来。这段时间不到她一生的十分之一。

母亲在搬入新居那天的信中写道：“搬家可把大家累坏了。早上九点半吴环就来了，中午我做了油菜虾米龙须面，吴环特别爱吃。然后就搬大件，小张他们搬了三次，把我屋里的床、梳妆台、小柜、老虎椅、落地灯、台灯，还有原放在阳台上的玻璃茶几和两把藤椅，都搬过去了。最难搬的是那台大电视，特沉，还有老虎椅，到了我那房子，还是把卧室门拆下才放进去的。我的衣物还有好些没能搬过去，以后慢慢搬。我是最后去的。吴环把搬过去的家具擦了一遍，把我的屋子收拾好，她坐在我的老虎椅上，看那宽阔的卧室，舒服得不想起来。大家都说我的卧室太好了，主要是带阳台，还有一个大卫生间可专用。八十岁的我真是享福了。虽然比上不足，但比一般人已经好很多了，我很知足。”

母亲去世后，我在她的房子里住了一年。这一年我具体是怎么过的，回想起来有点像“真空地带”，虽然刚刚过去不久。我有如生活在母亲的废墟之上，或者说，我就是她的废墟。

我在北村薰《漂逝的纸偶》中读到一段话：“千波的母亲是在医院去世的，不过她在这张床上躺了很长时间。床上的旧垫子已经拿掉，床架还留着，现在千波每天躺在上面，和母亲看到的是同一个屋顶。”

我现在之所见就是母亲曾经之所见，我此刻的感受就是母亲当时的感受。我记得最清楚的，是在那房子里听到楼上传来的持久的吵闹声——小孩们总是跑来跑去，每天清晨和深夜都拖动家具，那一家人仿佛难得安宁似的。母亲曾经很为这种噪音所苦，写信对姐姐说：“过去战争期间，学生都闹着没有一个安静的地方可以放一张书桌，现在虽是和平时期，却没有一个地方可以放一张安静的床了。”

“等红星胡同拆迁拿回点钱，我要去外地或者北京市住几天大的酒店，安静地睡一觉，不要像现在总被人吵醒。我就想美美地睡一觉，睡到自然醒。”

如今这感受存在，这感受的对象存在，感受者却已经不存在了。此种情况，殊不能令我理解，令我接受。走过小区，走过附近街道，见到种种熟悉的景色，同样使我产生类似的想法。

母亲曾经存在于这个世界。

每当想起这一点，仿佛觉得有另外一个时空，母亲，我，过去的生活，都在那里。它与现在这个只剩下我自己的时空之间，似乎不是先后的关系，而是平行的关系。当我置身街头、野外、陌生的地方，往往没来由地感觉正面对着那个时空，就像遥远之处有一阵风吹过，或一片云飘过似的。

（摘自《读者》2022年第10期）

手艺人

王安忆

在我们的周围，生活着许多手艺人，他们与我们有一种类似肌肤般亲昵的关系。

比如理发师，他知道你头发的厚薄、色泽、质地；比如鞋匠，他知道你的脚型，落脚是轻还是重，走步时有哪些偏倚的习惯，还知道你有些什么样的鞋；同样对你的家当有所掌握的是洗衣店里的烫工，他们对你衣服的材质、款式，以及你的审美取向一清二楚；再有裁缝铺的那对夫妇，他们看你一眼就知道你的三围。

这些手艺里的功夫，不是一朝一夕练成的。

我如今常去的一家理发店是我父亲选定的，理由就是他们店里的师傅会光脸——我当然不需要此项服务——这证明了他们是堂堂正正的手艺人。

烫工和裁缝的技艺同样不可小视，现代人大多着洋装，洋装也是立体结构，要仔细追究，几乎可涉及解剖学领域，闪烁着科学之光。

鞋匠也很不容易，鞋是所有穿着的物品里最像肢体的部件，而且吃力最重，支撑着全身重量，也和科学有关，涉及力学。

中国老话说:“无须黄金万贯，只需一技在身。”所以，手艺人大多有一种心定的表情。

有一次，我在路边摊修理皮包带，鞋匠一摸皮包就立马说出它的产地，我夸他有眼光。他微微一笑，慢慢告诉我，他原是皮鞋厂的技工，后来辞职自己开皮件厂，皮件厂最终倒闭，于是他就摆起路边摊做鞋匠。他说的是人生的大起大落，神色却淡定自如。

弄内那一家裁缝铺，夫妇二人来自南通乡下，租半间临建房，白天铺裁衣板，晚上铺床。每月房租2000元，外加水、电、煤气费。弄内人家和施工民工，送的活儿多半是缝改补缀，换一条拉链7元，缝一条豁口两元。正经的裁缝活儿，做一条裙子也不过25元。他们从天明做起，一直做到深夜。

这些手艺人带着世袭的意思。我父母家原先所在的愚园路上，有一个老鞋匠，患肺疾去世，他在弄口的一方地盘，面积约有一平方米，传给了他的女婿；我住过的镇宁路弄里，那个鞋匠则将他的小席棚传给了弟弟——他弟弟的才艺、头脑，都差他好几筹，性子又鲁勇，生生将我的鞋“修”坏了好几双。我曾怀恋地打听他去了什么地方，回说他早已不做这一行了。做什么呢？做家庭录像，先是替人打工，后是有了自己的生意，已经在上海的莘庄买了房子。

如今我光顾修鞋摊时，发现鞋匠闲时总是看书，我想他是不是也要另行发展。手艺人中的精英，似乎都要离开本行。那一对裁缝夫妇的女儿，暑假期间从乡下过来小住，四年级的小学生，琅琅地读着英语，竟没有口音。父母也不打算让她继承手艺，显见得手艺人愈来愈少了。

（摘自《读者》2022 年第 9 期）

人生难道只是一场赛跑

戴建业

好意酿出苦果

邻居家一个正在读高二的男孩，今年期末考试门门成绩都名列前茅。放假头一天，他就要求爸爸妈妈犒劳他一下——让他和同学们一起去黄山玩几天。

没有想到他爸爸听到这种“非分之请”，笑脸马上就变严肃：“你明年就要高考，现在正是你人生的关键时期，才考好了这一次，尾巴就翘到天上去了……吃完就到书房用功，别胡思乱想。”妈妈也在一旁帮腔：“等你明年考上了名牌大学，我们喜上加喜，一起庆祝！”

邻居父母与儿子的这则对话，大概不是特例。对话内容蕴含了我们长期信奉的生活准则——即使有了乐事也不能马上行乐；一个人要到功成名就的时候，才能大张旗鼓地庆祝，才能心安理得地享受，才能悠然自得地品味。

这两点既有紧密的联系，又各自强调了不同的侧面：第一点是从消极方面进行禁止，提醒人们不应该如何，譬如，不能一有机会就去享受；第二点是从积极方面进行鼓励，告诉大家应该如何，譬如，应当尽量推迟自己逍遥快乐的时间。

我的很多痛苦经历都与这种人生态度有关。也正是由于信奉这种人生态度，我也让我的儿子没能享有一个快乐的童年。

小时候父亲告诉我说："披一张狗皮易，披一张人皮难。"父亲一生什么事都没有干成，只有这句话说得相当漂亮，它形象地揭示了人生残酷的真相。父亲不仅希望他的儿子过上有尊严的生活，还希望他们能够干出点名堂。他一直相信苦干可以改变命运，世界上没有白吃的午餐，流了多少汗水便能换来多少收成。因此，他是"持之以恒"的铁杆拥护者——当然，他是要求我和弟弟持之以恒，事实上他自己并没有贯彻到底。

要有尊严地生活，要干出点儿名堂，这些积极的人生态度没有什么错。对于我们这些普通人，好像也是人生的"硬道理"。可就是这些积极态度和硬道理，把我花季雨季的青少年岁月熬成了一锅黄连汤。

我从来没有怀疑过父亲对我的"好意"，也从来不认为"过有尊严的生活"和"干出点儿名堂"有什么问题。但他的"好意"的确结出了苦果，"没有问题"的生活目标最终在每一个生活环节中都成了问题。

我们的父母把人生当成一场赛跑，过程毫无意义，一切努力都只为能第一个冲到终点。很多人其实一生都是在为最后那一刻做准备，他们没有真正生活过，而只是在"准备生活"；他们从来没有"享受幸福"，而只是在“储蓄幸福”。

一生“倒着走”

德国哲人海德格尔提出过一个有趣的观点：人类的时间与宇宙的时间恰好相反，宇宙时间是“过去—现在—未来”的线性绵延，人类时间则是“未来—现在—过去”的逆向行程，人总是着眼于“未来”，立足于“现在”，再参考“过去”。

这么说来，一生中，我们从来都是“倒着走”的，是“未来”在指挥“现在”，“现在”的每一次行动都服从于“未来”：几岁的小孩为了将来有“远大前程”，被迫终止与同伴的快乐游戏，而去背诵那些枯燥乏味的英语单词；二十岁的年轻小伙就开始节衣缩食，攒钱为自己买“养老保险”；一个学者为了自己几千年后的“永垂不朽”，舍弃了现在人生所有的世俗幸福；一个创业者为了将来的富有，宁愿承受眼前非人的折磨……总之，这一切都是用现在的痛苦，换取未来的幸福，我们的一生都是在“为了……而……”这个句式中度过的。为了达到自己理想的终点，我们一生都在冲、冲、冲。

我们一生都有自己或大或小的志向，我们的行为都有自己或多或少的目的。学生立志拿诺贝尔奖，士兵立志当将军，商人立志发大财，这些人生志向都很宏大，人生的目标也很积极，可一旦走向极端，这些志向和目的就成了人生的桎梏。人生的志向和目标，本来是为了实现人的自我价值，让人在追求它们的过程中获得满足和快乐。可一旦我们完全忽视了生命过程中的满足和快乐，只把最后目标看成生命中的“唯一”，我们就成了争名夺利的奴隶。原本是人生快乐源泉的东西，很快就成了让我们痛苦的祸根。

但要我们完全放弃人生的志向，既不可能，更不可取——人们的志向有远大与渺小之分，有崇高与卑微之别，但几乎没有谁毫无志向。假如真有人没有任何志向，他必定情无所寄、力无所施，他人生的唯一任务就是消遣人生，打发一生的漫长时光，人生就成了他沉重的负担，他就会感受到苍白、乏味、无聊，那样的生活更别说什么幸福和快乐了。

有人生目标，我们可能要为实现这些目标做苦役；没有人生目标，我们的人生又必然烦闷而无聊。

人生难道只能像两堆草料之间的驴子？如何化解这种两难的境遇？

把人生当作一次漫游

我自己是一个人生的困惑者，困惑之余便偶发奇想：我们何不抛弃“人生是一场赛跑”的荒谬观念，把人生当作一次漫长的旅游？

旅游中大家虽然有一个目的地，但到达目的地既非旅游的唯一目的，也非重要目的，因为旅游真正的目的就是寻找快乐，放松心情，感受新奇。只要能获得这些体验，人们并不太在乎是否到达了原定的旅游目的地，有时原定的目的地你可能觉得“不过如此”，反倒是往返途中领略到的景象让你终生难忘。

人生要是像旅游一样，大家就会更加关注生命的过程，谁还那么在意生命的结果呢？

以爱情为例，一个满脸皱纹的老人，无法体验青年人爱情的欢乐。有些人在花季雨季时压抑了爱情的萌动，到青年时期又忙着读本科、硕士和博士，直到三十多岁还没有谈过恋爱，甚至错过一生的幸福。一生既没有爱过别人，又没有被别人爱过，这是一种遗憾和残缺，而且是任何事业都不能弥补的。“谁家今夜扁舟子，何处相思明月楼”，青年时期的恋情能让你感到生活充满阳光，能让你品味人生的美酒，也能激发起你的奋斗热情。可我们的父母总劝后代“以事业为重”，好像爱情是事业的天然仇敌，一旦有了爱情，必定会丢了事业——要么吃鱼，要么吃熊掌，命运不可能让你既享受美好的爱情，又拥有成功的事业。

其实那些会玩的人极有可能也是会工作的人，事业与快乐并非“势不两立”。只把最后的结果看成人生唯一的目的，把人生看成一场激烈的赛跑，恰恰可能实现不了自己的人生目的。

把人生当作一次漫游，时时都有应接不暇的美景，处处都有新鲜的刺激，不仅可以从容到达自己预定的胜地，还能悠闲地饱尝生命旅程中的快乐。不把人生视为一场赛跑，而把人生当作一次漫游，不过是换了一个角度看待人生，妙境只在自己意念的转换间。

（摘自《读者》2021 年第 14 期）

真正的音乐天才

施　越

马泰奥是一位意大利美食家，他喜欢下厨、品尝来自不同国家的美食，最爱的中餐是“金汤肥牛”。他生活在米兰，却支持罗马的球队，每次都要为了球队和朋友们吵得不可开交。他在意大利的一家能源公司上班，每天上班路上，他都要听播客。相比新闻广播，他觉得播客能够更加真实地反映社会大众的想法。

我对马泰奥的大名早有耳闻，他是我的古典吉他老师的得意门生。“马泰奥已经跟我学了十多年古典吉他了。”老师总是说，“他既刻苦，又有才华，乐感和记忆力都特别好，曲子听几遍就能背下来。”

一个有天赋的人竟然还很勤奋，这让我这样一个音乐后进生相当忌妒。我实在不相信真有记忆力好到听几遍曲子就能背下来的人，如果真能这样，他早就成贝多芬了。终于有一天，我决定起个大早赶去古典吉他老师那儿上课，就为了一睹马泰奥的真容。

我偷偷摸摸地靠近音乐教室，从窗角往里窥探，却发现我的老师正和马泰奥以一个极其古怪的姿势共同弹奏着一把吉他。马泰奥坐在椅子上，老师站在椅子背后，双臂环抱住马泰奥，她的两只手正分别握着马泰奥的手，拨动着琴弦——两个人是在手把手一起弹吉他。我无意间发现了这个禁忌般的大秘密，便不好意思再偷窥下去，只不停地安慰自己："这是在意大利，一切都很正常。"

正当我准备悄悄离开时，马泰奥敏锐地发觉了我的存在。我无处闪躲，只好站在窗外，尴尬地和他们俩打招呼。老师从容地为我开门，邀请我进教室。马泰奥礼貌地向我打招呼，我试图保持镇定，刻意回避刚才看到的一切。"不好意思，刚才没有注意到你。"马泰奥微笑着说，"我的眼睛不太好。"

我这才注意到，马泰奥和我说话的时候，眼睛并不像普通人一样与我对视。他望向我，目光却直直地跃过了我，穿透了我的羞愧——他是个视障人士。

我一时惊讶得不知所措，好像任何过度的回应都是对他的冒犯。这是我第一次如此直接地和一个残疾人面对面交谈。在过去的生活中，我时不时会在街头偶遇他们，但从未真正和他们聊上几句。人们永远无法一视同仁地对待残疾人，在面对他们时，很多人都像在对待一件易碎品——轻拿轻放、小心呵护。他们在我们的生活中通常是隐形的，身体上的不便让许多残疾人从日常的学习和工作场景中缺席。

马泰奥似乎"看出"了我的顾虑，他主动说道："虽然我有视力障碍，只能看到很模糊的人影，但我能看出来，你是个大美人。很高兴认识你！"

多么纯粹、直接的意大利式搭讪手段，他和其他意大利人一样开朗！

我忍不住笑了，这笑声多半有些解脱之意。每次回忆起这个片段，我总是禁不住猜想：一个残疾人究竟要经历多少次这样的开场白，才能如此自然地化解旁人的尴尬？在他们面前，脆弱的反而是我们这些身体健全的人。

在我儿时的作文里，最常被拿来颂扬的人——中国民间音乐家阿炳，就是个盲人。尽管我常常书写他的坎坷命运和坚韧精神，可我对他的理解仍然是抽象的。我无法想象一个盲人究竟要付出多少努力，才能精通一门乐器：他是如何认识手中的乐器，并且精准地知道手应该放在哪个把位上的？他又是如何在无法阅读乐谱的情况下演奏乐曲的？我看着眼前的马泰奥，他熟练地摆好吉他，开始用手摸索琴弦，我的困惑即将得到解答。

古典吉他课继续进行。老师把双手放在马泰奥的手上，一个音一个音地帮助他找到和弦位置。老师给每个手指都指定了一个数字代号：1 代表食指、2 代表中指、3 代表无名指……老师一边让马泰奥感受手指的位置，一边用数字代号提示他拨动琴弦。除此之外，马泰奥的脚在不停地打着节拍，以增强对每个音的节拍的记忆。当一小节旋律顺利地弹完，老师便松开马泰奥的手，请他独立演奏。一遍又一遍，直到他把这段旋律背下来为止。

因为无法看乐谱，马泰奥需要在课堂上把新学的曲子全背下来。这可不像背课文那么简单，他要把双手的位置、每一个音的节拍、演奏的技巧一口气全记住。

课后，马泰奥为我表演了一段弗拉明戈舞曲。弗拉明戈舞曲的节奏飞快，马泰奥的神情却怡然自得，他的手指在琴弦间飞舞，精准有力地弹出每一个音符，就像舞女的高跟鞋利落地踩在舞台的木地板上。他不像其他演奏者那样眉头紧锁地盯着吉他指板弹奏，所有指法和把位变化他早已烂熟于心，他要做的只是让手跟随长久以来形成的肌肉记忆，把情绪释放在乐曲中。他说，因为自己几近失明，无论做什么事都必须降低出错的可能，否则将导致不可预料的后果。也正是因为这样，他练就了强大的记忆力，这反而让他在一些方面比普通人有更大的优势。

沉醉在激烈节奏中的马泰奥让我想到了弗拉明戈舞的舞女。和其他舞蹈的舞者不同，弗拉明戈舞的舞女通常不是娇柔的花季少女，而是看上去饱经沧桑、阅历丰富的女人。弗拉明戈舞起源于西班牙民间，它最早是被用来发泄愤怒、悲伤和表达反抗的，因此，舞蹈在柔软中常常伴随着坚韧，甚至有点儿凶猛，好像在诉说女性在经历坎坷后蜕变出的坚强自我——她们不再需要他人的引导和救赎。马泰奥依靠强大的意志，使自己成为一个超然于普通人的音乐奇才。这是我有生以来第一次在面对一个残疾人时，看到的不是他的悲伤和困苦，而是撕去残障标签后展露出来的真实自我。

（摘自《读者》2022 年第 12 期）

一个围棋九段如何面对一无所知

江铸久／口述　荆欣雨／整理

放眼中日韩，江铸久是唯一教授围棋入门课程的九段棋手，这意味着他要直接与对围棋一无所知的孩子打交道。几十年前，他在中日擂台赛中一个人放倒了5名日本高手，成为民族英雄。现在，58岁的他胡子都白了，他耐心地告诉孩子们，下围棋，黑子先行。

大人的“狡猾”

我办的围棋学校名叫铸久会，学生不多，六七十人。在这里，孩子们学到的不仅是围棋，还有怎样管理自己的人生——这是我从事围棋教育的核心理念。孩子们知道，在棋盘上，棋手要独自战斗，谨慎规划自己的棋局，并为每一步落下的棋子负责，他们在人生的长路上也需要如此。

教棋是我第二喜欢的事情，第一是做棋手。我教棋不是挑孩子，而是挑家长。有的家长来的时候说，江老师，我的孩子跟你学了，两个月之内得升段。我说你不如别学，因为那不是我的目的。围棋的智慧不是看你升到几段，而是让孩子从小就学会自律，学会规划自己的生活。他会很早就明白，“我是可以独立思考的人，我能够把握我自己”。

下棋就是人生的一个小实验场。小孩子肯定是需要师父带的，但是不能给他造成都是师父教他的感觉，而要让他觉得，是他自己找出来的路。每次我们这儿有新来的孩子问：“江老师，我该走哪个？”旁边年龄大一点的孩子就会拍着他说：“你应该先问你自己。”

我会告诉他们，你现在有三步棋可以下，你要自己选择最好的那一步，落子无悔，你必须自己做决定，因为下棋的是你，不是老师。我的作用，是帮助孩子找到他最好的那部分。

根据我的观察，绝大多数孩子会喜欢上围棋这个游戏，只不过有的人快些，有的人慢些。之前有个男生在我这里学棋，进步很快，他妈妈就说，家里还有个妹妹也想学。可妹妹来了之后就在旁边玩，不肯去下棋。这种情况在我看来很简单，她担心输棋。

我就跟她聊，我说妹妹啊，你想跟哥哥一起学棋，这很好，但是你要答应江老师一件事情，你下棋很可能会输，你输得越多，老师就越会奖励你。还有，你在家里对棋有疑问，先自己想想，然后可以问家里的好老师，就是哥哥。后来这兄妹俩一起学棋，配合得就非常好。

还有一对兄妹，也是哥哥先来学，妹妹后来。妹妹听了第一堂课，不笑，一直特别严肃。下课了，她和妈妈过来找我。我跟她说，老师觉得你不能学，因为我们这里只收想学的，你的表现让我觉得你好像不太想学。我安排你下棋，你不太敢下，你要知道以后你来上课，哥哥不能陪你，妈妈也不能陪你，就只有你自己。

她和妈妈对视。我说这样吧，你回去做习题，和哥哥下棋，如果你能够完成，下个星期来见我，你就可以上课。她妈妈问，那完不成呢？我说两个任务，二选一。孩子就盯着我，我说你可以不做题，也不下棋，但你得找一个男朋友。我问她挑哪个，她说挑前一个。

现在的小孩子都非常活泼，她跟她哥哥那么好，就跟老师板着脸，为什么？她妈妈说她碰到别的老师还有一个多月不笑的情况。我觉得就是因为不放松，没和老师建立起亲密的关系，她觉得我要逼着她下棋。我这么一开玩笑，她就放松了。

其实跟孩子相处啊，全靠大人的“狡猾”。如果你告诉孩子要背下来什么棋谱，他就学不长。你可以告诉他，你这个棋啊，到此为止了，但你要想赢你对面的对手，老师是有方法的，李昌镐有一盘棋和这盘很像，你可以模仿，等你把李昌镐前面的 30 多步模仿完，对面那个人早输了。孩子回去就会把那个棋谱找到，以他们的脑子很快就能背下来。

如果我这儿有一本棋书，我会跟孩子说，你要能看完，一定可以升 5 段。如果你能背下来，那这本书算老师送给你的，背不下来就要付钱，但只能付你的压岁钱。掏压岁钱很心痛的，所以他们就算拼了命也要背会。

第一堂课，我会要求孩子们向对手行礼，因为我们下棋，是通过对手的测试，来找到一个更好的自己。

我经常跟孩子们说，我最不能忍受的就是你们自己浪费自己。如果你经过学习，能够达到业余 1 段，就不应该在 2 级里混着。因为人最大的快乐还是经过挑战之后，能迈过去一个坎儿，或者说能感受到自己的进步。我这儿有个规定，如果一个上次输给你的人找你下棋，你是不能拒绝的。水平低的找水平高的下棋，后者必须应战。

成人的错误

前几年，有对上海的夫妇拼命找我，找到之后就给我看一个戴着博士帽的美国女生的照片。我没懂什么意思，他们又拿出这个女生7岁时抱着一个泰迪熊下棋的照片。我一下就想起来了，她是我在美国的学生。她以前下棋的时候，一定要抱个熊，后来我们办比赛给她的奖品就是个小熊，她特别喜欢。

抱着熊下棋，我们的家长会允许吗？会鼓励吗？

我们这儿有个游泳特别厉害的女孩，我叫她飞鱼。有一次我和妻子在日本摆棋，她在旁边看着，我就让她给我们摆摆她的想法。她摆了，但是她在思考的时候开始啃手指头，她妈妈就冲过来："跟你说多少次了，女孩子这样很难看的。"

她妈妈一说她，她的手就放下来了，可待会儿她一入神，就又啃了起来，这说明她专注。后来我找了个没人的时候，跟她妈妈说，她咬手指跟她认不认真，没关系；她咬手指说明她入神了，别人不应该打扰她。

她妈妈有点不好意思。我就告诉她，吴清源老师19岁和本因坊秀哉下世纪名局的时候，记者从门缝里看到，吴清源会不自觉地咬手指头，她的孩子跟大师是一个动作。

我们的围棋课欢迎家长旁听，但我有个规定，每堂课家长只能问一个问题。因为家长的问题大都是成人的习惯性错误。比如有的家长就问：江老师，为什么你从A跳到了D？你这不是打乱孩子吗？孩子自己已经思考了B和C。我们的家长真的是……我就跟他们说，孩子下棋的时候，不要看坐姿，不要看输赢，要看他的神情，他只要很专注，那输了也是好的。

我带孩子们去现场看职业比赛，事先讲好：进去的时候必须安静。我们的孩子表现得特别好，一个个都很小心。在里面弄出最大响声的是家长，家长想机会难得啊，非要拉着孩子各处拍照。

我事先还给孩子们布置了一个任务：看看那些职业棋手有什么不同。后来孩子们说，他们观察到那些棋手来了之后，“如入无人之境”，还有“目中无人”“呆若木鸡”，这都是他们的词，小孩的观察力很棒的。

下棋的品格

我经常带我们的孩子去日本、韩国以及欧洲一些国家下棋，人家都会说，铸久会的孩子是最讲礼貌的，下棋前和下棋后都会向对手敬礼，很多国外的小孩输了棋就会忘记。而且我们的孩子下完棋还会请对手写下他们的名字，然后就可以在本子上记录下这场对局。很多时候，其他孩子开始玩闹，我们的孩子在做记录。

下围棋会让孩子善于管理自己。有一次我带孩子们去日本，有个男孩很喜欢吃冰激凌，她妈妈说一天只能吃一个，他真的就一直遵守这个规定。有一天中午，天特别热，他买了个冰激凌，但是不进店，在店门口吃。我问他怎么不进去吃，他说觉得自己吃得慢，怕进去吃冰激凌化了滴在店里。

我们在机场等待回国的航班时，他妈妈给他买了一大盒点心，他挨个儿分给碰到的大人吃。后来我问他给自己留了几个，他说，他吃一个。

这个孩子非常适合下棋。他完全有能力为自己做规划，并且能够想到别人的感受，而下棋最重要的就是要体会对手的想法。你要时刻假设对手是一个讲理的人，才能让自己变得更加讲理。

技术很容易训练，知道怎么练就行了，这些素质才是需要用心培养的。

后来我推荐那个孩子到上海棋院下棋。有一天我去棋院办事，看到他在食堂吃饭，他看到我，过来先跟我鞠了一个躬。他吃完饭，把饭盒都收好，将桌子擦干净，才去休息。下午比赛的时候我再看到他，他的双目炯炯有神。他会管理自己。

后来我就跟这个孩子的妈妈说，你的孩子很棒。作为老师，我也很开心看到这些，而不是孩子升到什么段位了。

受围棋影响的人生

很多家长带孩子来我这儿学围棋，完全是出于素质教育的目的，走职业道路不在他们的考虑范围内。

一般我们这儿的孩子，五年级就离开了，因为面临小升初的压力。也有很多孩子坚持继续学，我就跟他们说，功课一定要比原来还好，才能继续学，否则家长会不放心。

我常说，孩子状态好的表现应该是他无所谓上课下课，因为他沉浸在棋局中。但那些大孩子到了快下课的时候，会特别紧张，因为他的闹钟要响了，他要赶下一门课，他的时间都是卡死的。

有过一些可以走职业道路的好苗子。我跟家长说，如果孩子想继续，就要有拿冠军的决心。下棋不是一件能混饭吃的事情，要下苦功夫，耐得住寂寞。

那个在外面吃冰激凌的男孩，我们平时发奖励，他什么玩具都不要，但江老师用什么棋，他就想用什么棋，江老师打什么谱，他就想打什么谱。我觉得这孩子值得一试。后来上海棋院也开始招收小孩，他就去了，结果没过多久，因为学校的作业多得根本做不完，又赶上疫情，就只好停摆了。

我觉得很可惜。像以前吴清源的师父濑越宪作的年代，或者韩国棋手曹薰铉和李昌镐师徒流行的内弟子制度，找一个有天赋的孩子住在我家，跟着我学棋，在现在是不可能的事情了。

时代确实不一样了，对我而言，下围棋可以解决我的生计，改变我的命运，为我带来还不错的收入。现在的家长可不这么认为，前几年我妻子芮乃伟拿了一个全国比赛的冠军，有家长说，哎呀，奖金才 20 万元啊。我们觉得 20 万元已经很好了，但他们觉得太少了。

所以我现在的心态是，孩子到了五年级，功课确实很忙，或者他出国了、搬家了，不能在我这里学棋了，没关系。只要他心里还是很喜欢围棋，我就会很开心。如果他在学习的时候，比如说背英文单词时，能从以前下围棋的经验中悟出一些好用的方法，那也是我想要的效果。

其实教小孩子对我来说很简单，教棋的成就感都在后面。教得时间长了，经常有比我个头还大的小伙子见到我，把我一把抱住，说江老师你带过我——那真是桃李满天下的感觉。

（摘自《读者》2020 年第 20 期）

在雪山和雪山之间

乔 阳

1

我出生在遥远的四川小城，从地理上看，这里是横断山脉东部边缘再向东延展的盆地，岷江在离我家不远的地方缓缓流淌——在这之前20多千米的地方，它刚刚接纳了大渡河与青衣江。我对江水来处的最初印象，来自每年冬天江水的静绿，以及夏日江水的混浊咆哮，它们带来上游山脉冰雪和暴雨的信息。

那个年代的人，对自然并没有什么概念。现在看来，我们一直生活在自然之中。

在江边原野上的老式小区里，外婆家的房子是第二排平房的顶头一间。比起别人家前后两个院子，外婆家又多了一个侧面的小院。我依稀记得外婆家前院种着常绿树，有松或者柏，也有可能是水杉，树影正好落在门口的石凳上——家家户户都从江边搬来枕头大小的石块做凳子，经年之后，石块中间被磨得微陷且异常光滑。夏日悠长，有些枝叶的影悄悄地、探头探脑地爬上窗前的书桌，瞅一眼桌上未开启的书，或写到一半的句子，忽而听到老挂钟规矩走动的声音，就调皮地要去打乱它的节奏。

外婆家的侧院里有桃树、枇杷树，还有矮小的橘子树，花卉则散落在前院和侧院中。我常偷摘外公种的一串红，专摘红色的花心——后来知道叫冠筒，里面有清甜的蜜。一大早我就把它们摘光光，外婆假装骂我，外公假装没听见。

除了岷江，家乡另有两条小河，巨伞一样的大榕树，严肃、持久、美丽，铺满了整个河岸。春日里，大榕树新出的淡绿带粉的苞芽清甜可口，是小孩子的最爱。炎炎夏日，因为期末考试没考好而不敢回家的我就躲在树上，那么多细细水波，那么多密密树叶，它们顾自低语，并未注意到我的存在和忧虑。

这是我小时候在生活中接触到的美妙自然。到了四十岁以后，我常常被召唤到记忆中，回味那时候的小小情趣，也怀念那些生活在平凡中的长辈，深深地感激他们从不曾真正拘束我。

2

我父亲年轻的时候因为工作关系经常出差，这使他成为他那一辈人中难得的有机会在国内四处游历的人，从东北的冰天雪地，到西北的大漠黄沙，再到西南的雨林……他回家后绘声绘色的描述激发了我对外面世界的向往，其中九寨沟、海螺沟的照片引发了我对雪山、冰川、森林的持续关注。他买给我的最珍贵的书，是红、蓝两色塑料封皮的《中国地图册》《世界地图册》。

在我上小学的时候，我们经常在饭桌上讨论地理问题，从中国延伸到世界，经纬度、海拔、风带气候带……我能随手画出国内所有省份和大部分国家的轮廓。我们热烈地讨论去某个城市游玩所需要经过的地面路线——不考虑钱的话。我们讨论季风和洋流，以及我们都未曾经历的航行。有一次我和妹妹在公交车上争论光速，我告诉她，她看到的星星也许早已消逝，不过是一个影像，又探讨如何像对折一张纸一样折叠空间，以使我们星际航行的航程变短。同车人笑说小儿幼稚，父亲在一旁正襟危坐并不回应。

父亲最后的旅行，是在他 70 岁的时候，随我去了白马雪山。我们在原始森林中缓行，在高山草甸上看到大片的蓝色鸢尾花和黄色马先蒿。冰川在浓雾细雨中逐渐显露真颜，日落之后，又于暮光升起处熠熠生辉。

3

青年时，我离开家乡，沿着河流上溯，一直往上，再往上，从河谷蜿蜒处到高山峡谷之地，机缘巧合定居在云南。最初在飞来寺村居住，后来搬到雾浓顶村。这两个村子，属于迪庆州德钦县，对外来者和游客而言，其地标是梅里雪山。梅里雪山是怒山山脉的一段，这里是三江并流的核心区域，云岭山脉、怒山山脉、高黎贡山从东到西依次排列，在雪山与雪山之间，金沙江、澜沧江和怒江，以及最西侧的独龙江，在峡谷间前行。这里是比我的家乡“更大”的自然。

山脉的伟大无可比拟。在我看来，三江并流区域是“山川”两个字在大地上的真实缩影。我总是想象自己在高空中俯瞰，我不需要羽翼，峡谷中的上升气流足以带着我越过雪山，再往上，从更高处俯瞰大地的纹理。

当我置身于云岭山脉中时，在更远的青藏高原上，在山脉的源头，大气正在高空转换。低处的冰川，在阳光洒下的瞬间，开始滴落一颗颗透明的水滴，水滴从冰原开始汇集，在草甸和森林间逐渐聚成溪流，集合，奔腾。同样发生着这些的，是江河源流沿途的山脉，我身边的梅里雪山、白马雪山、碧罗雪山，在自然之力的统一指挥下，纷纷加入。融雪汩汩地在山间流淌，从高山草甸的灌丛，到杜鹃林下，它们谢绝了古老的暗针叶林的挽留，一路从雪线之上速降4000米，汇入几条大江。高原冰雪融水汇成的河流不断接纳沿途的雨水，一路远去，直至遥远南方的广阔海洋，再被每年的西南季风带回到高山上，完成“雨—雪—水”的循环。沿途的植物以森林、草甸和河谷植被等不同形态，吸收、蒸发水汽，参与这年复一年的回旋曲——如果没有它们，水汽在到达内陆600千米左右的地方时，就会偃旗息鼓——这是真正的和谐。河流自北方来，风带着水汽从南方上溯，也带着花事，回馈远方。

即便不从高空俯瞰，我也能看到这平行的山脉和河流，了解到不同垂直高度和水平纬度的热量、水分以及信息的交流情况。地球内部力量带来板块的撞击和山脉隆起，外部的力量——阳光、风、河流、植被以及人类——深刻改变了这里的地貌。千万年以来，每一刹那的变化累积到现在才成就了我们看到的伟大景观。一切都在流动，流动是伟大的力量。

我在这力量的核心。

（摘自《读者》2022年第18期）

我的阅读简史

陈年喜

1991年冬天，世界落满大雪。我说的世界，是从商洛山到长白山广袤的铁路沿线。

腊月初一，我带着1200元路费赶往当年座山雕耀武扬威的那个林海雪原城市桦甸，与初恋女友相见。那一天，洛阳有风，寒冷，空中飘着零星的雪花。雪花状若落樱，刚落下来就化了。我想象着中原雪与东北雪的质地区别，想象着东北的寒冷。在洛阳火车站广场前的小市场，我买了一本《百年孤独》，以打发旅途的寂寞和寒冷。其时，我并不知道这本书已经征服了世界。

从洛阳到桦甸，加上在北京、沈阳两处的转乘，历时整整5天。沿途大雪茫茫，我缩身在硬座一角，把这本据说是魔幻现实主义文学的最高代表作通读了一遍。《百年孤独》讲述了布恩迪亚家族七代人的兴亡传奇，马孔多小镇百年的风云变幻。让我惊异的不是马尔克斯而是译者，他怎么能做到将完全相异的语言，置换成这么流畅、磅礴的中文？《百年孤独》已不只是一本小说，在我21岁的青春世界里，它是一个窗口，它打开了一条通往远方的通道。通道那边，那个世界充满异质的迷幻、传奇、生死、爱恨、迷茫……人是孤独的，孤独地来到这个世界，然后孤独地死去。人生漫长又短暂，充满了非逻辑性。人与人之间既紧密相连，又疏离遥远。

当我从水银泻地般的语言和天马行空的故事里抽离出来时，目的地终于到了——满眼坚硬的雪。一个矮矮的戴着毛线帽的女孩在出站口等候已久。我依然在故事带来的震颤里无法自拔。这是我第一次读完一部长篇小说，且是当今世界最伟大的作品之一。我是幸运的。

从20世纪90年代初到21世纪初，我生活的农村世界封闭而沉默，两省三县夹角地带的山乡仿佛一个被隔绝的空间。这时候，我开始写诗，阅读的资源仅有村里订阅的《陕西日报》《陕西人口报》等，好在这些报纸的副刊上总开辟有文学诗歌园地。

我在那时候为什么选择了写诗而非别的，这充满了缘由又毫无理由。总之，生命与行为，是有逻辑又无逻辑的。开始我以为它的门槛很低，写到最后，才发现门槛高得吓人，并非凭热情和学习就可以到达。

我的大伯父终生未娶，他一生似乎活得很无趣，唯一的爱好是读书，似乎读书比一日三餐重要得多。他是一个羊倌，终年赶着生产队的四五十只

羊在山上放。羊们在山上啃草或晒太阳，白花花的，他在山头捧着一本书，也像一只羊。他的黑木箱里藏着许多书，大部分是线装书，《小五义》《巧合奇冤》《打金枝》等。老家20世纪90年代才通上电，为了省电，

家家使用的灯泡瓦数都非常小，借着昏黄的灯光，我读完了他的藏书，并写了一本才子佳人题材的古装剧剧本，《桃花渡》。随后，是16年的矿山爆破生涯，风雨飘摇，是阅读，帮助我打发那些令人窒息的生死岁月。

也是在火车上，从西安到喀什（其间在库尔勒转车），也是整整5天，我读完了《唐山大地震》，钱钢的20万字报告文学。对我来说，这是一次真正的心灵地震。

在大地震发生的1976年，我还很小，广播里播放了一些消息，那时候我对数字还没有概念，无法想象、还原那样的惨状。大人们在屋外搭了棚子，天天晚上领着我们在外面睡觉，民兵整夜巡逻，除非需要取急用的东西，谁也不敢进屋子。可见大灾难对人的震动之大。

《唐山大地震》让我第一次进入那场灾难的场景之中，哭喊、绝望、不屈与求生，那场灾难在书中再现，使往事不再如烟。这是文学的力量，也是文学的功用。可以想见，多年之后，钱钢写这本书时下了多大的功夫。那宏大的架构、海量的细节、具体而精确的数据，汇聚成振聋发聩的力量。它对我后来的写作，甚至观察与思考问题的态度、方法，都产生了极大的影响。在几乎与世隔绝的叶尔羌河畔的无名矿山上，这本书一直陪伴着我。

在这十几年里，矿山生活生死无常，但我从未停止读书。矿山荒凉，人渺小无助得像一粒尘埃，书让我从一个世界到另一个世界，度过漫漫长夜。记得在萨尔托海，渺无人烟，信号不通，夜夜大漠星光，长风永不止息。在一个废弃的工房里，墙上贴满了《克拉玛依日报》和《中国黄金报》，我每天下班后都会去看几页，后来都读完了，我便往墙上泼了水，一张张揭下来，再读另一面。

我最感兴趣的，是那些隐而不彰的地方史。“历史的建构是献给无名者的记忆”，那些泯没于时间风尘的人和事也应该被记住。2006年，在阿图什的街上，我跑遍了所有的书店、书摊。我发现书摊的意义比豪华书店的大得多。

这座于汉宣帝神爵二年（公元前60年）归入汉朝版图的城市，古老又年轻。3月，大地渐暖，雪山融化，艾孜力河静静奔流。我和几个同伴在这里进行为期20天的爆破资格培训和考试。此前，我对这座深藏戈壁的城市一无所知。为了了解它，我尽一切闲暇时间去淘书，可惜这里书摊很少。我跑遍了全城，虽然纸质收获甚少，但读懂了博古孜河、诺鲁孜节、秋吾尔、库姆孜等艺术、历史、自然与人文的大书。

2010年左右，我开始使用手机，随后开通了博客和微博，重新开始中断了近十年的写作。也是从这个时候开始，网络成为我阅读的一个重要渠道，它快捷方便、内容丰富。很多人说网络阅读是碎片化的、无效的，这是一种很大的偏见。当你把这些碎片连缀起来，它就是一个巨大而丰富的集合体，我们从其中离析、整合、取舍、扬弃，最后收获的是真知灼见。

网络为我们打开了无数的世界，我最大的收获之一就是电子书。它是摸不着的，又是最真实的。它包罗万象、宽阔无岸，只要你手里有电子设备，就随时随地可以阅读。几年下来，我的电子书架已满满当当，读过的书有100多部。

2015年初夏，一场手术让我的颈椎再难如常，我再也不能趴在书桌上长时间读书。便捷的手机阅读正好补上这个短板。我常常躺在床上，手捧手机，左卧累了换成右卧，看到特别感兴趣的地方可以随手复制下来。有时我还会拿两部手机，同时打开两个页面，对照着读。那些重叠的、错误的、用心的内容，立即可辨。

人为什么要阅读，什么才是阅读的有效作用？似乎有答案，又从来没有答案。世俗地看，所有的阅读都是无效的，只有个体的生活和命运到了那些逼仄处，与内容产生了对应，那个“效”才会显现，有时如春光乍泄，更多的如清风无声——集合起来，所推动、影响的就是时代与历史。

世界广大，风景与风雨无边无际，书籍的车马带我们远行，或者回来。

（摘自《读者》2022 年第 6 期）

把应有的戏份演好

张宗子

一件事，如果你自己看明白了，别人的议论就不会影响你。如果他人的议论给你造成了喜忧，甚至影响你的决定，让你迟疑不决，那就说明对于这件事你还不是完全明白。

几十年的生活经验教会我很多事，这是其中很重要的一点。孔子说“四十而不惑，五十知天命”，说的都是把事情看明白。可见他和我们一样，也是这么过来的。年轻的时候有过疑惑，有过不确定，即使三十而立了，在世上做人行事有原则，知道大方向，不犯根本性的错误，然而对于生命的意义、人的责任、努力与成败的关系，还是不能把握。《易经》教会了孔子变通的智慧，一方面，他坚持理想，承担责任；另一方面，就像孟子说的，有些事情，甚至是大部分事情，只能“尽心焉耳矣”。为什么？因为时势，因为客观条件，因为机遇，这些都不是个人所能够掌控的。

很小的事就能毁掉一个人的远大规划。比如说早逝，再比如身体多病，或者失明了。在乱世，在战争年代，人命不值钱，一些本来可以有更大建树的人，没能实现自己的抱负。哲学家王弼只活了二十三岁，诗人李贺活了二十六岁，夏完淳抗清被杀时才十六岁。魏晋易代之际，嵇康、何晏都不幸横死。弥尔顿双目失明，他的杰作《失乐园》靠他口述而由他人记录，才得以完成，这样的不幸中之大幸，千万人中不可得一。陈寅恪也一样。从这个意义上说，他们生活在还不错的时代。

宋朝江西派的几位大诗人，黄庭坚活了六十岁；二陈，陈与义和陈师道，都只活了四十九岁；曾几，像他的学生陆游一样，年寿甚高，活了八十一岁。这四位，我都很喜欢。文学成就和年岁关系不那么大，陈与义的成就比曾几大得多。但仅就个人而言，如果陈与义活到八十一岁，而曾几英年早逝，情形肯定和现在大不相同。有些人一辈子只在重复自己，那么，年岁的长短造成的区别，并没有多大；有些人不断进步和变化，那么，时间就太重要了。

人无从预料自己能走多远，如果清醒地看到自己的停滞甚至倒退，那是非常痛苦的。那就放下担子，像孩子一样自由地玩耍吧。

假如如科幻小说所设想的，存在一个平行时空，我希望曹丕多活二十年，王安石多活十年，我会看到一个不同的世界，不仅仅是多出一本书或几十首诗。

随着科学技术的进步，人与人越来越疏离，互相珍重成为奢侈的事。文化传承的本是一种人与人之间的亲密关系，就像生命的延续，但在今天，这样理解显得很荒唐，因为人们没有这样的意识，也没有这样的需求。

如此，就用得上古人的陈腐格言：庄敬自强。自己认为应当做的事，就做下去。

人对自己看得明白，有信心，是很不容易的事。人若想有所得，必须有忍受和坚持的准备。播下种子的人，未必可以看到种子长成树，开花，结果，但你知道这事是好的，那就去做。有些事是立竿见影的，有些则不是。但做了，你心安。人的一生，不过百年，回首去看，倏如驰马，尽到了责任后的心安，算是最好的回报。

穆旦（查良铮）先生在二十世纪六七十年代，偷偷在纸片上写诗，家人担心，劝他不要再惹麻烦，他说:“一个人到世界上来总要留下足迹。”他的夫人周与良回忆说，他最后留下的二十多首遗作，都是背着家人写下的，“在整理他的遗物时，孩子们找到一张小纸条，上面写着密密麻麻的小字，一些是已发表的诗的题目，另一些可能也是诗的题目，没有找到诗，也许没有写，也许写了又撕了，永远也找不到了。后来我家老保姆告诉我，在良铮去医院动手术前，那些天纸篓里常有撕碎的纸屑，孩子们也见到爸爸撕了好多稿纸”。人民文学出版社的《穆旦诗文集》里，收了一页《穆旦晚期诗作遗目》，说其中很多已经“轶失”。这是遗失的足迹。

多年前看歌德的自传，不怎么看得下去。现在想来，是专注于前瞻的缘故。现在学会了向后看，学会了倒退，这是我最值得庆幸的进步。五十岁对我是一个大转变，好多事情终于看明白了。其实以前也不是看不明白，只是不肯承认，还抱着侥幸心理，还胡乱怀着希望。希望当然是个好东西，人不能丧失希望。但关键是，不要期待和相信奇迹，希望必须建立在现实之上。有时候，人勉力向前，不免带有媚世或求实际利益的成分。认清了这一点，人就自由很多。时间之河向前，那么有时候，人的向前不过是顺流而下罢了。相反，人要向后看，向后退，便如逆水行舟，是需要勇气和力量的。

人生如戏，有人演过三幕就被赶下台，他抱怨说，我还没把五幕演完呢。奥勒留说，人生之戏，三幕于你已是完整的，你演几幕不是你能决定的。相对于安排你上场和下场的人，你什么都不是。所以，接受事实，把你的戏演好吧。

（摘自《读者》2021 年第 4 期）

只是没有去学而已

童　嘉

妈妈年轻时家里经济状况不佳。身为家中大姐，虽然渴望求学，却必须协助父母负担家计，明明热爱艺术，无奈既没有时间也没有机会学习。成年后，妈妈偶尔会利用衬衫包装里的厚纸板，用仅有的蜡笔画上美女图像挂在墙上自娱，大家见了喜欢，总跟她要。直到她快结婚时，住在台北的亲戚看到妈妈的画作，拿了一张去给廖继春教授看。而后在婚前一段很短暂的时间里，她得以去廖老师家学画。在学习木炭素描时，老师常要求她一直修改到满意为止，但生活拮据的妈妈总觉得每天买一个馒头擦画太可惜。肚子很饿的时候，妈妈就先吃掉一半馒头，剩下半个小心翼翼地用来擦画，一心一意想着不要画错。虽然廖老师一再叮咛妈妈不要埋没天分，即使结婚也要继续去学画，但婚后妈妈忙于家事与照顾小孩，终究无法重拾画笔，更不可能有自己的时间做喜欢的事情。

与妈妈刚好相反，我是家里的老幺，又是唯一的女儿，从小就黏在妈妈身边无所事事，常听她说起小时候的故事与未能完成学业的遗憾。尤其当妈妈述说那段好不容易考上初中，念到一半就被叫回家的悲凉时，我不禁在脑海中幻想着妈妈自己一个人穿着校服坐在返乡的火车上，孤单害怕又伤心难过的样子。每次我们一起去看展览、逛美术馆，或偶然看到优秀的作品，除了赞叹与佩服，妈妈总会补一句话："那是我们没有去学而已！"我总是笑着纠正她："那是你没去学而已！"

虽说没能完成学业，但人生有许多种可能。妈妈终究无法掩藏她的艺术天赋。在日常生活中，有别于纯粹的艺术创作，妈妈展现了她用艺术美化人生的能力。

由于特别喜欢木刻，妈妈常常无师自通地做出许多雕刻作品。印象中，每天从学校放学回来，妈妈就会搬张椅子坐在我们的书桌旁，一边雕刻，一边监督我们念书做功课。家里也逐渐摆满了妈妈雕刻的作品。

在经济拮据的年代，大人小孩都深知，除了基本生活所需，其他物品都是奢侈品，不可能购买。每每我们在街上橱窗里看到可爱的布娃娃、美丽的衣服、别致的包包，都只能在心里暗暗羡慕。可妈妈从来不会对我们说"要是有钱就好了"，反而会说"我们想办法自己来做"。

当时没有相机，也不可能在人家店里画图，所以必须要把自己喜欢的东西牢牢记在心里，回到家后赶紧试着把它画出来，最好连设计图、颜色、款式都能够明确画出，这样妈妈就可以神奇地做出惟妙惟肖的东西来，甚至缝制出更好看的衣服。小时候我常常因为穿着妈妈缝制的，并绘有可爱图样的衣服而被其他小孩羡慕。

我常想，如果父母在我们渴望得到某样东西的时候，说的是："要是有钱就可以买了！"那么小孩可能会在心里建立起赚钱很重要的观念，而在未来的人生中想尽办法去赚钱，以期买到想要的东西，或实现自己的愿望。可是因为我的父母总是让我们知道有一种可能——自己想办法做出来，所以我们才产生了“能力很重要、学习很重要、我们要自己想办法”的价值观。这是我在成长过程中，从妈妈的身上学到的终身受用的生活态度，一种在困境里的变通。

不只是把自己对艺术创作的喜好运用在美化日常的生活上，妈妈对于学习永远都非常积极，且乐在其中。在我上小学开始学拼音字母的时候，她跟着我从“b、p、m、f”学起。我写作业时她也跟着写，我去上学，她还在家里偷偷地练习，很快就把拼音字母全部背了下来。我开始练习拼音时，她立刻买了字典，遇到不会或不确定的字就查清楚。我夸奖她，她就笑着说：“我只是没有去学而已。”

到了初中，我开始学英文，妈妈也要求跟我一起学，哥哥还买了杂志让她听广播练习。等到后来我的女儿上初中时，她听到孙女抱怨数学题难，就说那阿嬷也一起学学看。于是，我把女儿的数学习题印一份给她，让她写好，我来改。看她每次算得很开心又心满意足的样子，我觉得既感动又不舍。我想这世上的事要是真的都让她学了，恐怕不得了。也许年轻时失学，让妈妈特别渴望学习，她也特别珍惜学习机会，并且真心地享受着学习的乐趣。

长大以后，我心里一直惦记着妈妈没能完成学业的遗憾。等自己有能力与余裕时，就开始带她去上艺术创作的课程。因为妈妈生性害羞内向，所以我就担任司机兼陪读，一心一意地想要好好“栽培”她。

我们一起上过书法、篆刻、陶艺、雕塑、版画、竹刻、金工、木板浮雕与绘本创作等课程，只要知道她有喜欢的课程，我便带着她去报名。妈妈也从来没有辜负我的付出，上任何课程都非常认真，练习绝不马虎，对于老师布置的作业从来不会偷懒，甚至多做好几份。她总是能很快做出令人刮目相看的作品，让老师连连夸奖。在往后的岁月里，这些课程全都成为她继续创作的项目，然后我就会笑着说：“你看吧，你只是没有去学而已。”

没有机会去上课，我们就自己想办法学；一旦能够去学，就尽全力学会，并且精益求精。这样的信念从年轻到如今白发苍苍，妈妈从来没有放弃。我也因为一直跟在这样勇往直前的妈妈身边，才能不断学习。

每次站在美好的艺术品前，我总是想到妈妈发亮的眼睛，带着调皮的笑脸说：“我们只是没有去学而已！”

（摘自《读者》2022 年第 16 期）

何处高楼雁一声

黄昱宁

我十二三岁时迷上《红楼梦》，读到八十回末便捶胸顿足，恨不能穿越时光隧道并在半路截住曹雪芹——替他磨墨煎药、赊酒熬粥、抄文存稿，怎么着，也要让那原装正版的后四十回成书传世才好。只可惜这样的隧道口在人世间遍寻不着，愤懑之余，我只好在日记本上长歌当哭："挥万两金，何处觅，当年断梦重续……"真是把青春期间歇性泛滥的酸文假醋都给泼尽了。

后来我看问题换了角度，发觉作者写到紧要关头戛然而止也未必全是坏事。至少，针对《红楼梦》人物命运走向的续作、论文、猜测何止千万，反正谁比谁更接近曹雪芹的原意永无定论，那么，乐得大家一起拉动文化产业。再后来，我读狄更斯的全套文集，发现狄翁谢世之际，也留了一部未完待续的遗作——《德鲁德疑案》，同样催生"探佚"之风勃兴，足可在“狄学”的大树上单独生出一条旁逸斜出的分支来。书名既然以“疑案”为关键词，情节链上预设的锁扣，自然不到最后关头不会解开。据说，临终前3个月，狄更斯曾在觐见维多利亚女王时表示，对于正在连载中的《德鲁德疑案》，他已成竹在胸，但凡“陛下欲享有先知为快之特权”，他将乐于和盘托出。怎奈天下显然有更值得女王关心的事，她只挥了挥衣袖，便将作家本人珍视的“特权”——那个已经冲到他喉咙处的秘密，婉拒于唇边。不晓得女王事后有没有空为此扼腕叹息。好在狄翁的老朋友兼传记作者约翰·福斯特，陆续抛出多条或明或暗的线索，成为好事者揣度《德鲁德疑案》结局最权威的根据，大约也由此奠定了此公之于狄学——正如脂砚斋之于红学——的特殊地位。

然而作家的悲哀我们永远无法感同身受。生命之烛即将烧断了芯，狄更斯仍然挣扎着要把《德鲁德疑案》写完。他在那场致命的脑出血当天，仿佛预见到了什么，破例比平时多写了一个下午，总算赶完了第22章。相形之下，巴尔扎克的临终境遇更为凄苦：隔壁，他苦恋了20余载的新婚妻子一边与情人缱绻，一边等待领受他的遗产；病床前，陪伴大文豪的只有一位医生，听他呼喊着小说人物的名字，哀求上天再多给他一点儿时间。他的《人间喜剧》本来搭好了137部小说的框架，而今，依仗着痛饮咖啡、透支生命，他也只完成了96部！

菲茨杰拉德在44岁因心脏病猝死时，他的长篇《最后一个大亨》刚刚写完第6章——彼时，笔头荒疏许久的作家，刚刚从家庭变故的废墟里探出头来，呼吸了一口久违的文字的芬芳。44年之后，杜鲁门·卡波特作别尘世之际，最耿耿于怀的是迫于显贵的压力，没有完成他想象中的鸿篇巨制《应许的祈祷》，那是他胸口化不开的死结。一年之后，菲利普·罗斯的恩师马拉默德病入膏肓，罗斯赶到其寓所，听他颤巍巍地诵读刚刚写了头两页的新作，一篇永远没有完成的新作。

2004 年，当加西亚 · 马尔克斯继续以血肉丰满的新作实践他“活着为了讲故事”的宣言时，手里的诺贝尔文学奖还没焐热的奈保尔已颓然宣称，即将付梓的《魔种》将是他最后一部小说，因为，“我已经失去了写下一本的精力”。放弃也是一种选择，至少，由未竟之愿衍生的痛楚，奈保尔大约可以豁免了。

想起举凡音乐家传世的最后一支曲子，世人皆称之为“天鹅之歌”，比如柴可夫斯基的《悲怆交响曲》。但套用到那些至死都握牢了笔的作家身上，我总觉得少了些许凄惶与不甘的意味。那是热爱他们的读者望穿秋水也看不见的一长串省略号，那是回荡在“碧云天，黄花地，西风紧”中的遽然嘶鸣，那是晏殊的一句好词：“何处高楼雁一声？”

（摘自《读者》2023 年第 1 期）

我与父亲的较量

温手释冰

第一次与父亲较量，是在我十五岁的那一年。

那是 20 世纪 80 年代中期。那一年，我以全年级第十三名的成绩，考上了县高中。全县有三四千名考生，而县高中那一届新生只招三百人，我所在的学校只有三十多人被录取。但是父亲并不打算让我上高中，他想让我去上技校，理由是作为家中长女，我应该早一点毕业，好帮他养活家里人。

父亲所在的单位是以前交通部直属的央企，工资福利待遇在小镇上令人羡慕，母亲是一家县办织布厂的工人。我还有两个在上学的妹妹，但是家里的经济条件也不至于供不起三个女儿读书。

我自认为资质不差也很努力，从小虽然没有在任何一次考试中名列前茅，但当亲戚们问我：“大丫头，你长大了想做什么呀？”我总会一本正经地回答说:“我要上大学。”

父亲所说的技校，以前是没有的，恰好在我中考那一年，作为县里办学的新形式出现。如果它晚一年出现，父亲肯定就没有理由不让我上高中了。不上高中，就考不了大学，我想过反抗父亲。但我从初二下学期开始就出现了严重的偏科，数学用功最多，却怎么也考不到九十分。对于考高中，我唯一担心的就是数学成绩会不会拖后腿。

父亲似乎看出了我的犹豫，说:“如果上了高中又考不上大学，那就会成为待业青年，高中就白上了。”那个年代的待业青年很受人同情，也很遭人嫌弃。从小心高气傲的我，显然不想成为待业青年。

技校比高中晚开学半个月。我眼睁睁地看着班上另外四个跟我一起考上高中的同学去县高中报到。没有考上高中的堂姐，到县棉纺厂做了挡车工。

我在大脑一片空白的情况下，上了县技校的家用电器班。去了才知道，上技校的同学都是没有考上高中，才退而求其次的。十五岁那一年的暑假，成了我年少时的一道伤痕。父亲用他的话击垮了我的信心，依照他的意志改变了我的命运。

三年后，县里给技校的第一届毕业生包分配的单位是县棉纺厂。我相当于白读了三年技校，结果跟没考上高中的堂姐一样。这让母亲觉得面子上挂不住，对父亲不依不饶，让他想办法把我调到他的单位去。

父亲一开始非常不情愿，说在哪儿工作都一样，后来他害怕母亲唠叨，才找了单位领导。其间母亲为了早一点达到目的，要我去催父亲。我坚决不肯和父亲多说一句话。其实自从上了技校，我与父亲也没说过几句话。

一直到当年十一月，单位才通知我上班，工作的部门是维修车间。上班前一天晚上，父亲找我谈话，说他深刻体会到单位里人与人之间的复杂关系，才不想让我到他所在的单位上班，但是拗不过母亲，只得同意。“以后的路就靠你自己去走了，老爸只送你一句话：清清白白做人，踏踏实实做事。”

这一回合，为了我跟父亲较量的人是母亲。母亲用她自以为是的远见卓识，赢了父亲自以为是的与世无争。

我在维修车间工作了两年，每天跟钳台打交道，业余时间写的文章经常在企业报上发表，成了单位的小名人。彼时单位正需要一个文笔好的人做秘书，调令下来的那一天，父亲很高兴，说大丫头争气。这个回合算不算我跟父亲的较量呢？我靠自己的努力，而不是靠父亲的关系，从车间调到了机关办公室。如果算的话，那就是我赢了。

我跟同一个单位的同事谈恋爱。他是一名趸船上的水手，退伍军人，少年丧父，只有寡母，弟兄三人，无房无钱，显然没有任何优势。可能是我异常坚定的态度战胜了父亲，他竟没有表示反对。后来，我常对先生说，也许父亲这辈子做得最正确的决定，就是没有反对我嫁给你。

后来，大妹妹考上了一所专科学校的会计专业，毕业后进了父亲单位的财务室做会计。小妹妹中考失利，她复读一年后考上了中专，毕业后也进了父亲的单位，在装卸队做统计员。那时父亲六十岁了，办理了退休手续。在二十世纪的最后一年，单位改制了，我们姐妹三人成了下岗职工，父亲眼睁睁地看着他为三个女儿精心谋划的未来落空。

我们别无选择，起早贪黑开启了新的生存模式。小生意做得艰难，先生总是留心寻找更好的赚钱机会。那时一个后来蜚声全国的国产电器品牌的营销正处于起步阶段，在市县寻找代理经销商。先生费尽周折与这个厂家的厂长取得联系，对方被先生的诚意打动，愿意以只交少量押金便可以带货销售的方式合作，前提是我们得租一个像样一点的门店。

当时我们手里没有存款，也磨不开面子找父母借，我只是有意地在父亲面前假装跟先生商量，以此试探父亲是不是认可，愿不愿意借钱。我知道父母几十年来虽然没有很多积蓄，但是几万块钱还是有的。结果父亲置若罔闻，我也始终不肯向父亲开口，这件事就不了了之了。

一年后，我们镇上有了一家那个国产品牌电器的直营店，听说老板已经代理了全县的经销权，那时空调和冰箱刚进入普通家庭，生意好得不得了。多年以后，母亲总是以遗憾和愧疚的口气说起这件事，说只怪当初他们目光短浅，只顾让我们低头赚钱，没有抬头看路。

如果这也算一场较量的话，那么是我的倔强输给了父亲的谨慎。

再后来，先生决定跟朋友合作开一家大型餐饮酒店，每个人得出几十万元。父亲这时表现出了前所未有的果敢，他和母亲拿出了一辈子的积蓄。在资金不够的情况下，做事谨小慎微、不肯向别人借一分钱的父亲，甚至不惜拉下面子，借遍了所有的亲戚。好在，我们的生意越做越好，还了本钱，又开始赚钱。我们还买下了朋友的股份，接连开了五家分店，生意做得风生水起。

时光就这样过去了十几年。这时我已经快五十岁了，父母还住在几十年前的老房子里。亲戚们都因为老城区拆迁而住进了新房，父亲破旧不堪的老房子却迟迟没被列入拆迁范围。我在离我家不远的小区买了一套新房，只待父母拎包入住。

父亲却不肯入住，我请姑妈说服父亲，姑妈对父亲说：“女儿女婿买的房子，比你自己买的房子住着心里更美呢。”父亲扭捏了很久，终于带着不情愿的样子跟着母亲住进了新房。

如果说这也算我跟父亲的较量，那么这一回合是我赢了，我想或许是因为父亲老了，他不得不服输。父亲考量了他的人生，对女儿的生活做出了安排，而我服从了他对生活的选择。归根结底，不管命运是好是坏，生活是苦是甜，我们都是想让对方幸福。这算不算一种和解呢？

（摘自《读者》2022 年第 20 期）

坚持等待的人

岑 嵘

在浙江横店，有一群被称为“横漂”的群众演员，他们工作很辛苦，有时需要在夏天穿着厚厚的戏服，有时需要在泥水里翻滚，但收入很低。对大多数“横漂”来说，让他们坚持下去的理由，就是成为知名演员的希望。

还有很多人，坚持不懈地写小说，几乎将所有的业余时间都花在这上面。他们接到出版社一次又一次的退稿信，而让他们坚持的，是有一天自己的作品成为畅销书，被放在书店显眼位置的希望。

《黑天鹅》的作者塔勒布把这样的职业称为“成功集中”的职业，因为“他们把大部分时间花在等待重大日子到来的那一天，而这一天，通常永远不会来”。

能坚持这样做并不是一件容易的事情。人们习惯于从一系列稳定的、小而频繁的奖励中获得快乐，奖励不需要很大，只要频繁就行。我们的祖先每天出发去打猎或采集果实，他们需要当天或者几天内就得到成果，而不是等上几个月才猎到一头大象，那样的话捕猎者恐怕早就饿死了。

同样，如果我们一年赚了100万元，在之前的9年中一分钱也不赚（假如还不至于饿死），与在相同的时间里平均地获得相同的收入，即10年内每年获得10万元的收入，带来的幸福感是不同的。实际上，你的幸福感更多地取决于正面情绪出现的次数，心理学家称之为“积极影响”，而不是某次正面情绪的强度。

也就是说，只要是好消息，它究竟有多好并不重要。想要过快乐的生活，你应该尽可能平均分配这些“积极影响”，大量的、小小的好消息，远比只有一个非常好的消息更令人感到幸福。

我们常说，一场胜利会带来另一场胜利。当我们经历一场胜利后，激素的分泌会加速身体的反应，视觉会变得更敏锐，耐力也会增强，同时具有更无所畏惧的心态。然而失败也是如此，长期的失败会减少我们的激素分泌，我们的压力变得越来越大，直至破坏心脑血管，在一连串的失败后，我们不再相信自己有能力掌控自己的命运，这就会处于“习得性无助”状态。在这种状态下，动物会表现为，即使把笼子的门打开，它也不会逃走，而人则会自暴自弃、心灰意冷，坐在椅子上发呆。

当一件事情长期没有正面反馈时，这种长期的失落，还会损伤人们的大脑，侵蚀记忆力。海马体是掌管记忆的组织，也是大脑最敏感的部分，这一部分会吸收反复遭遇的打击造成的伤害，比如由于每天持续的、少量的不良情绪造成的长期压力。长期压力会对海马体造成损伤，使其发生不可逆转的萎缩。

因此，当你立志从事这些“成功集中”的职业，有时需要自己为自己创造奖励，即便你每一天都在作为群众演员为生计奔波，也仍可以总结出今天相较于昨天的进步；当你埋头创作那些无人赏识的作品时，起码你要认可艺术和文学本身就能给你带来快乐。

人们总认为某些成功的榜样能带来力量，比如“王宝强曾经也做过群众演员”“《平凡的世界》也被退过稿”，等等。但是，成功向少数人集中的问题，不单使大多数人无法得到奖励，而且还造成了等级差异。当片场里那些明星颐指气使的时候，手捧盒饭的“横漂”们感到的或许不是激励，而是体面与尊严的丧失。

等待是如此艰难，那么我们该放弃这些为了希望而坚持的努力吗？

这个问题的答案并非简单的“应该”或“不应该”，它其实是一种筛选机制。通过这种艰苦条件，才能筛选出真正有信念的人。而人类历史的进程，往往与这些能够坚守、推迟获得满足感的人有关。如果只着眼于眼前，航海家何必耗费数年去远洋航行，物理学家又何必耗费一生去寻找某个未知的粒子。于 1977 年发射的“旅行者 1 号”卫星如今仍在茫茫太空中飞行，当它获得“大奖”传回太阳系以外的珍贵信号时，那些设计它的科学家大都不在世上了。这可能就是对人类的坚持与等候的最好诠释。

（摘自《读者》2022 年第 1 期）

致 谢

2022年10月16日，举世瞩目的中国共产党第二十次全国代表大会在北京召开，大会为我们今后的前进指明了方向、擘画了蓝图。党的二十大报告第八部分“推进文化自信自强　铸就社会主义文化新辉煌”为今后的文化工作提出了更高要求。在深入学习领会党的二十大精神的基础上，甘肃人民出版社按照党的二十大报告“实施全民道德提升工程，弘扬中华传统美德”的要求，策划了以“中华传统美德”为主题的新一辑“读者丛书”。丛书共10册，分别以“仁爱孝悌”“谦和好礼”“诚信知报”“精忠报国”“克己奉公”“修己慎独”“见利思义”“勤俭廉政”“笃实宽厚”“勇毅力行”为主题，从历年《读者》杂志、各类图书及其他媒体上精选了600多篇美文汇编而成，我们希望通过一篇篇引人深思的文章或一个个感人至深的故事，让广大读者进一步加深对中华传统美德的认识，让这一美德在中华大地上能够得到更加广泛的传承和弘扬。

与往年一样，《读者丛书·中华传统美德读本》的策划、编辑、出版得到了中共甘肃省委宣传部、甘肃省新闻出版局以及读者出版集团、读者杂志社等各方的指导和帮助，在此深表谢意！丛书的编选也得到了绝大多数作者的理解和支持，他们对作品的授权选编和对丛书的一致认可解除了我们的后顾之忧，对此我们表示诚挚的谢意！虽然我们尽力想把工作做得更细致、更扎实，但因为种种原因依然未能联系到部分作者，对此我们深表歉意，也请这些作者见到图书后与我们联系。我们的联系方式是：甘肃人民出版社（甘肃省兰州市曹家巷1号，730030，联系人：马元晖，电话：15609381110）。

读者丛书编辑组

2023年10月